莎士比亞青春劇

(英) 莎士比亞 著
魏德蛟、 張永 編譯

崧燁文化

目錄

重譯版序

莎翁所寫劇，舉世皆公認，絢麗似明珠，世間美奇珍。

貶斥假醜惡，歌頌真善美，其中經典語，力透其紙背。

描寫事與物，入木刻三分，浸透人性美，閃爍物光澤。

每每閱讀來，令人心神悅，觸動人心弦，感動物心扉。

如此宏偉著，中華古今絕，目前兩譯本，美中尚留缺；

梁實秋譯本，自由詩譯成，遠觀尚相似，近觀語不深；

朱生豪譯本，散文體譯成，文體雖不稱，意思準而深。

雖有舞臺效，意譯多留痕，如此美不足，待人以修正。

當我閱讀時，常流感動淚，劇中人言語，觸動我心庭。

然讀朱譯本，心覺不準確，語出不驚人，詩成未泣神。

對照原文讀，缺憾時常生，萌生重譯念，以還莎翁味。

經歷幾春秋，鍛鍊詩才能，吸收朱譯長，磨我詩光澤。

不領劇靈魂，不把詩行成，每段七八遍，方把詩行成。

我讀莎劇時，發現原文本，許多美對話，英雄雙韻寫；

而觀中文詩，一韻押到尾；這樣作詩歌，很難盡情寫；

枯竭詩才思，束縛詩詞格。因此翻譯時，我做此調整：

借用雙韻體，保留中文格，七言把情抒，五言把事寫；

三言補七言，四言補時缺。但也不絕對，臨機定一切。

五言可抒情，七言可寫事，總之一句話，觀情定一切。

品評前古人，說話不腰疼，班門敢弄斧，賴站巨人身。

初生小陽雀，得道尚不深，雛鴨初下河，功夫尚不真。

若有同道人，見我錯謬缺，歡迎評指正，在此以為謝！

《羅密歐與茱麗葉》劇情介紹

維羅納，兩家族，彼此結下深世仇，其中一家蒙特鳩，

另一卡帕萊特族，兩家門第同尊貴，那裡人們附兩族，

舊時恩怨加新仇，時常紛爭有械鬥。蒙家有兒羅密歐，

年方十七正青春，招人喜愛才品優，跌入愛河人難救。

羅瑟琳，美仙女，羅密歐，被勾魂；聽說伊人有宴會，

決意跟隨潛入會。而其朋友為他憂，欲為他尋窈窕女，

使他心結得消除，亦戴面具混入會。然而就在此宴會，

卡帕萊特獨生女，美若天仙更攝魂，羅密歐，被迷住，

上前向其表愛慕，茱麗葉，也傾慕，雙方鍾情見如故，

但皆不知是仇讎，待得雙方知來頭，各自埋怨怎是仇？

羅密歐，被情困，為尋愛，拋家仇，翻牆涉園把愛尋，

在園聽人窗前語，閃花叢，聽細語，得知茱麗①心所屬。

茱麗葉，心苦楚，窗前偷偷訴心曲，願拋一切仇與怨，

待得兩人眼相對，表明心跡告心曲，願定終身拋前仇。

羅密歐，為成婚，次日教堂請神父，告知其中事緣故，

神父聽完其傾訴，認為可解兩家仇，亦被愛情所感動，

於是答應其請求。茱麗葉，請乳母，前往教堂去接頭，

透過雙方同奮鬥，兩人最終成眷屬。然而中午街市中，

提伯爾特要決鬥，羅密歐，雖有仇，但為愛人茱麗故，
再三忍讓不決鬥，提伯爾特多羞辱，惹其好友心暴怒，
拔劍與提便決鬥，羅密歐，止決鬥，不料提伯爾特毒，
乘機殺死其好友，羅密歐，因此怒，拔劍決鬥報友仇，
提伯爾特此被誅。此一命案經裁決，羅密歐，被放逐，
但其不願就離去，透過神父好勸說，又與愛人春宵度，
方才同意暫離去。羅密歐，剛離去，帕里斯，貴伯爵，
便向茱麗去求婚，卡帕萊特愛其女，為解女兒失兄苦，
欲用喜慶驅憂愁，欣然同意其請求，令女週四便結婚。
茱麗葉，拗不過，便找神父尋良謀，神父權衡慎思慮，
給藥施計細囑咐。茱麗葉，按囑咐，服藥昏睡假死去，
欲用婚喜沖霉運，婚喜變喪苦添苦。神父派人告緣由，
不料中途逢變故，錯過時間把事誤，帶信歸來告事由。
羅密歐，不知由，得誤報，夜奔回，欲與愛人重相會，
不顧生死千里回。帕里斯，在守墓，蓄意阻止其相會，
交手中，身被誅，羅密歐，掘開墓，在吻愛人茱麗後，
掏出毒藥飲就戮。待得神父趕到墓，茱麗葉，醒目睹，
帕里斯，羅密歐，都已身亡魂飛去，神父勸其快逃走，
但其不願獨自活，欲與愛人長相守，尋藥不得飲劍去。
待得真相被揭露，兩家父母不甚悔，骨肉已去徒悲苦，

悔不去怨釋前仇，各鑄金像念兒女，盡釋前嫌化為友。

① 朱麗：茱麗葉的乳名。

《仲夏夜之夢》劇情介紹

雅典兩位好紳士，拉山德，是其一，另一狄米特律斯，

同時愛上一女士。此女名叫赫米婭，拉山德，她真愛，

然而她父卻要她，嫁給狄米特律斯。但其好友海麗娜，

又愛狄米特律斯，為免其父強逼嫁，其欲與真愛逃離，

他們約見森林裡，然而海倫[1]是情痴，為了狄米特律斯，

卻將朋友私奔事，告訴狄米特律斯，於是都到森林來。

此片森林住仙王，仙后以及仙靈子，此時仙王與仙后，

正為喚兒吵不止；此喚兒，對仙后，意義非凡特寵愛，

仙后侍從遺腹子，仙后曾被其服侍，留下歡樂常追憶，

因此視其如親子，然而仙王要此子，做其侍童奪后愛，

仙后對此不同意，因而為此吵不已。仙王為了達目的，

讓其精靈取花汁。傳說西方潔花枝，邱比特，曾發矢，

正好射中此花枝，花中此箭流花汁，此種花汁有魔力，

若將其滴睡眼皮，無論醒來見何物，就會發瘋把其愛，

仙王欲用此花汁，迫使仙后交童子。然而仙王無意間，

聽到海倫被棄事，欲幫海倫得真愛，也讓精靈將花汁，

滴到狄米特律斯。夜間大家熟睡時，精靈卻將那花汁，

錯滴拉山德眼皮，因而當他醒來時，闖進海倫被他見，

因而對其移情戀，對著海倫獻愛意。這讓可憐赫米婭，
對此傷心痛不已。而當精靈覆命時，仙王發現此錯事，
命其再次把花汁，滴於狄米特律斯，讓其醒來首見人，
就是海倫愛不已。正當狄米特律斯，因此愛上海倫時，
殷殷向其表愛意，欲歸於好情不移。兩位善良女孩子，
被此無常舉動迷，揣測好友懷惡意，相互中傷和攻擊；
熱血痴情兩男子，也因海倫決鬥起。精靈為補己過失，
乘夜引開兩男子，使其奔向不同地，直至累倒躺在地，
然後採來狄安汁②，塗在拉山德眼皮，使其恢復正常態，
重新愛上赫米婭。與此同時發生事，波頓一群手藝人，
正在林中排練戲，精靈對其施詭計，使其變成蠢驢子，
又趁仙后睡夢裡，向其眼皮滴花汁，醒來正巧碰驢子，
向驢瘋狂表愛意，仙王設法得童子，才解仙后花魔力，
仙人和好如昔時，情人有意結連理，仙界人間同歡喜。

① 海倫：海麗娜的簡稱。

② 狄安汁：指三色堇的花汁液，可解去誤中了邱比特的愛情之箭的魔力，恢復人的本性。

羅密歐與茱麗葉

劇中人物

親王：維羅納的統治者。

帕里斯：少年貴族，親王的親戚。

蒙特鳩、卡帕萊特：互相敵視的兩家家長。

羅密歐：蒙特鳩之子。

茱麗葉：卡帕萊特之女。

茂丘西奧：親王的親戚。

班伏里奧：蒙特鳩之侄、羅密歐的朋友。

提伯爾特：卡帕萊特夫人之內侄。

蒙特鳩夫人：羅密歐之母。

卡帕萊特夫人：茱麗葉之母。

勞倫斯神父：法蘭西斯派教士。

約翰神父：與勞倫斯同門的教士，為勞倫斯送信給羅密歐。

巴爾薩澤：羅密歐的僕人。

桑普森、格雷戈里：卡帕萊特的僕人。

彼得：茱麗葉乳媪的從僕。

亞伯拉罕：蒙特鳩的僕人。

羅瑟琳：卡帕萊特侄女、戲劇前期羅密歐的戀人。

茂丘西奧的侍童。

帕里斯的侍童。

茱麗葉的乳媪。

賣藥人；樂工三人；維羅納市民；兩家男女親屬；跳舞者、衛士、巡丁及侍從等。

致辭者。

開場詩

（致辭者上。）

美麗維羅納，那裡事發生，

兩家王貴族，門第同尊貴，

前仇添怨恨，激起新紛爭，

那裡仇恨血，玷汙市民手。

為弭其宿怨，消其兩家仇，

遣來雙戀人，用其雙星命[1]，

哀憐不幸遇，瓦解世積仇，

透過悲情死，永恆其愛情。

用其悲殞落，埋葬雙親怒。

使其雙親恨，因此而消釋。

若非失兒女，恩怨或難除。

現抽兩小時，滯留觀咱戲，

若您有耐心，肯用您耳賞，

把您所錯過，驚喜來補償。

① 雙星命：兩顆行星的命，原文為 A pair of Star-cross'd lovers take their life. 西方文化裡，星星隕落即預示著有人死去。

第一幕

第一場 維羅納，廣場

（桑普森及格雷戈里各持盾劍上。）

桑普森：格雷戈里，要是聽我話，不會去挑煤。

格雷戈里：不，要是如你言，咱變煤礦工。

桑普森：我的意思是，咱若發脾氣，將會舞弄劍。

格雷戈里：對了，只要你活著，就要把脖子，伸出領口來。

桑普森：我一被激怒，攻擊迅若雷。

格雷戈里：激怒去攻擊，你可不容易。

桑普森：蒙特鳩家狗，我見就生氣。

格雷戈里：憤怒被攪擾，英勇需忍耐，因而，你若被激怒，你應逃離開。

桑普森：我見那家狗，激怒站不動；使那蒙特鳩，無論何男女，碰我似碰牆。

格雷戈里：這正說明你，軟弱一奴才；只有懦弱者，才會立如牆。

桑普森：的確是如此；女人脆弱似孤帆，永遠似牆被攻擊；因而蒙特鳩，驅趕男人出牆來，攻擊女人向牆壁。

格雷戈里：兩家吵架事，兩主及僕間。

桑普森：這是一回事，我要顯暴虐；當與男打架，殘酷對妻女，也砍其頭顱。

格雷戈里：妻女那頭顱？

桑普森：對，妻女那頭顱，或奪其貞操，做你想做事。

格雷戈里：當其覺察此，其就會明白。

桑普森： 其將感覺到，只要我還能站起，就是有名一橫肉。

格雷戈里：幸好你非魚；如若你是魚，你便可憐魚。拔出你傢伙；那來兩個人，蒙特鳩家的。

（亞伯拉罕及巴爾薩澤上。）

桑普森：我劍已出鞘；跟其吵起來，在後撐你腰。

格雷戈里：怎麼？你想轉身逃走嗎？

桑普森：莫要這樣擔心我。

格雷戈里：不，對你，我倒有點不放心！

桑普森：讓其先動手，以便打官司，咱們更有理。

格雷戈里：當我過去時，橫其一白眼，瞧其心裡怎麼想。

桑普森：若其沒膽量。我將向他們，咬我大拇指，看其能不能，忍受這侮辱。

亞伯拉罕：先生，你向我們咬拇指？

桑普森：我是咬我大拇指。

亞伯拉罕：向我咬你大拇指？

桑普森：（向格雷戈里旁白）要是我說是，打起官司來，是否咱理直？

格雷戈里：（向桑普森旁白）不是咱理直。

桑普森：不，先生，我非向你咬拇指；先生，但我在咬我拇指。

格雷戈里：你要吵架嗎？

亞伯拉罕：吵架？不，先生。

桑普森：要是你想吵，先生，我可奉陪你；我所服侍主，與你一樣好。

亞伯拉罕：不比咱主好。

桑普森：比得上。

格雷戈里：（向桑普森旁白）說「比得上」；那來咱們主人一親戚。

桑普森：是的，比你還好些。

亞伯拉罕：你胡說。

桑普森：若你是漢子，拔出你劍來。格雷戈里，記得你的殺手鐧。

（雙方互鬥，班伏里奧上。）

班伏里奧： 都分開，蠢才！收起你們劍；你們不知道，自己在幹啥。

（擊下眾僕劍。提伯爾特上。）

提伯爾特：怎麼！跟些無能輩，你也動武嗎？有種你轉身，班伏里奧，看你怎麼死。

班伏里奧：但我是在護和平；收起你的劍，或者幫助我，分開這些人。

提伯爾特：什麼！拔出你的劍，還說護和平？我恨這鬼話，如我恨陰間，所有蒙特鳩，和你我同恨。 接招，懦夫！

（二人相鬥。）

（兩家各有若干人上，加入爭鬥；市民持擊棍和戟上。）

眾市民：擊棍，鉤鐮槍，戟，打，把他們打倒！打倒卡帕萊特！打倒蒙特鳩！

（卡帕萊特穿長袍與卡帕萊特夫人同上。）

卡帕萊特：這是啥吵鬧？喂！快給我長劍。

卡帕萊特夫人：拐杖？拐杖呢？你要劍幹嘛？

卡帕萊特：我說拿我劍！那老蒙特鳩來啦；還晃他的劍，向我在挑釁。

（蒙特鳩及蒙特鳩夫人上。）

蒙特鳩：卡帕萊特，你這奸賊！（向蒙特鳩夫人）別拉住我，讓我走。

蒙特鳩夫人：你要跟人去吵架，一步也不讓你走。

（親王率侍從上。）

親 王：擾亂治安敵，叛亂逆臣民，用你鄰人血，玷汙你刀劍；誰人沒聽見？喂，都聽著！

你們這些人，都是些畜生，

用你血管鮮紅血，澆滅致命你怒火，

鑑於痛苦那折磨，從你血腥骯髒手，

扔掉憤怒你凶器，靜聽震怒王判決。

卡帕萊特，蒙特鳩，三次市民搞內鬥，

僅因一句口頭語，三次打破街安寧，

古老臣民維羅納，因此不得不拋棄，

他們舒適莊嚴裝，重做舊時長戟士，

用其老手執長戟，為洩你恨擾和平。

若你再擾街安寧，將用你命作罰金。

現在，所有人等都退去，卡帕萊特，

跟我來；蒙特鳩，你今下午來。

到咱常規審判廳，舊時自由鎮，

聽我此案終宣判。再次做重申，

所有人等都退去，違者殺無赦！

（除蒙特鳩夫婦及班伏里奧外皆下。）

蒙特鳩：對於這宿怨，是誰新點火？

侄兒，對我說，他們動手時，

你也在場嗎？

班伏里奧：在我到這前，仇家那僕人，已跟您家僕，打成一團了。

我拔出劍來，欲分開他們；

就在那時候，暴烈提伯爾特，

提著其劍來，他出挑釁言，

舞劍其頭上，砍得嗖嗖響，

雖其傷無物，但其發噓聲。

正當那裡人，劍來劍去時，

來了更多人，各幫各家人。

直等親王來，才喝兩邊開。

蒙特鳩夫人：啊，羅密歐呢？你今見他沒？

我覺很高興，這場爭鬥他沒在。

班伏里奧：伯母，一個小時前，

受崇那太陽，剛剛從東方，

探入黃金窗，我因心煩悶，
到外去散步，在這城西邊，
一叢密楓樹，我見您兒子，
一早那行走。我正朝他去，
但他見了我，就溜樹叢中，
憑我的情感，推測他情感，
再在那尋求，也難尋找到，
我自也疲倦，覺己也多餘，
為我好心緒，不壞他心境，
如他樂避我，我也樂避他。
蒙特鳩：那有人見他，已有幾上午；
用他眼淚水，添灑晨鮮露，
用其深長嘆，添眉多愁雲，
但當遠東方，充滿生機陽，
將從女神[1]床，揭開黑窗簾，
消沉我兒子，躲避光明天，
偷偷溜回家，私下把自己，
禁閉其屋子，關上他窗子，
大好那天光，被其鎖外面，
而為他自己，造一人工夜。

憂鬱此心情，恐怕非吉兆，

除非良言勸，可解心中結。

① 女神：即曙光女神。

班伏里奧：伯父，您可知道其原因？

蒙特鳩：我也不知道，也沒啥法子，從他嘴裡面，探出緣由來。

班伏里奧：您沒用他法，問他啥原因？

蒙特鳩：不僅我自己，還有其朋友，

都曾問過他，可他把心事，

獨自來排遣，我尚不敢說，

這有多真實，但他對大家，

總是口如瓶，不讓人探覓，

正像花蓓蕾，還未向天空，

舒展它嫩蕊，或向那麗日，

獻吐它嬌豔，就給嫉妒蟲，

咬去其芳華。只要咱可以，

知道他悲哀，究竟從何來，

咱定能尋到，治療他方法。

班伏里奧：瞧，那兒他來了；請您離開此，除非他也拒絕我，否則，我定探出他心結。

蒙特鳩：願你留此他歡迎，能讓他吐真實情。來，夫人，咱們走吧。

（蒙特鳩夫婦同下。羅密歐上。）

班伏里奧：早安，兄弟。

羅密歐：這天還是孩兒天？

班伏里奧：剛過九點鐘。

羅密歐：唉！悲哀時間特別長。

匆忙離去那個人，他不就是我父親？

班伏里奧： 正是。什麼悲哀事，使得羅密歐，時間這麼長？

羅密歐：因為我缺少，那能使時間，變得短暫物。

班伏里奧：墜入情網啦？

羅密歐：尚未進得去。

班伏里奧：失戀啦？

羅密歐：那我深愛的，不能得其歡。

班伏里奧：可嘆那愛神！看去雖溫順，但卻很殘暴，粗野據可證！

羅密歐：可嘆那愛神！

雖眼被矇蔽，憑意卻可見，

咱在哪吃飯？噢，天哪！誰在這打架？

然而不必告訴我，因我已經全聽到。

這是怨恨釀此果，可愛力量比它強。

啊，吵吵鬧鬧那相愛，親親熱熱那打罵！

啊，無中生有禍釀成！

啊，沉重那鴻毛，嚴肅那虛榮，

混亂那整齊，鉛鑄那羽毛，

明亮那濃煙，冰冷那火焰，

病態那健康，醒著那睡眠，

不存那存在！

這是我感那愛情，我覺無愛在這裡。你不笑我嗎？

班伏里奧：不，兄弟，我願自哭泣。

羅密歐：好心人，為什麼？

班伏里奧：因你好心卻遭罪。

羅密歐：唉！這是愛情錯，我自那憂愁，

沉重壓我心，添你心憂愁，

使我愁更愁。你提這情愛，

使得我內心，太多添痛苦。

愛情是煙霧，嘆息吹製成；

如若被淨化，愛人眼中點火焰；

如果被惹怒，愛人眼淚滿海洋。

它還是什麼，最為謹慎那瘋狂，

窒息那腫痛，陳年那蜜糖。

再見，兄弟。

（欲去。）

班伏里奧：且慢，我將跟你一塊去；若你這樣丟下我，你就傷了我。

羅密歐：嗯！我已失自己；我不在這兒；這非羅密歐，他在別處呢。

班伏里奧：悲情告訴我，誰是你所愛？

羅密歐：什麼！要我呻吟中，告你她名字？

班伏里奧：呻吟中！不，你只告訴我，她是誰就可。

羅密歐：你叫一病人，悲傷立遺囑！

一句傷人言，使得一病人，

更加心悲痛，老實對你說，

兄弟，我確愛上一女人。

班伏里奧：我想你定戀愛了，果然被我所猜中。

羅密歐：好一神射手！她是美人我所愛。

班伏里奧：好兄弟，目標越美好，射得越準確。

羅密歐：你這一箭偏靶心。

閃閃金箭邱比特①，不能射中她的心；

她似睿智黛安娜②，極端聖潔好武裝，

愛神微弱孩子箭，對其貞操毫無傷。

她不喜歡甜蜜語，讓愛把其來圍攻，

也不願意讓眼光，灼灼逼人來進攻，

更不願意屈其膝，引誘神聖沾金光；

啊！她富天仙貌，只是她死後，

美麗便窮盡，美貌無貯存！

① 邱比特：古羅馬宗教信奉的愛神，相當於希臘神話中的厄洛斯。據說是愛神維納斯之子。其像通常為生有雙翅的男童，手執弓箭，被其箭所射中者就會墜入情網；有時則被描繪為俊美的青年。大致說來他是親善的，但常在母親維納斯的指使下弄些惡作劇。

② 黛安娜：古羅馬宗教中的女神。司掌自然、野獸與狩獵。她是化育之神，因此，婦女祈求她保佑懷孕順產。她與希臘女神阿提米絲為同一女神。崇拜她的羅馬人認為黛安娜保佑底層成員，特別是奴隸。黛安娜反對婚姻，立誓終身不嫁。

班伏里奧：那她定然已立誓，終身守潔不嫁囉？

羅密歐：她已立誓言，吝惜她自己，

造成巨浪費；因為她美麗，

枯死無情歲，從她後子嗣，

斷絕世容華。太美她身體，

她人太聰明，聰明至極頂，

自守她幸福，使我心絕望。

她已立誓言，割捨她愛情，

在那誓言中，我生如死亡，

現已知道那生活。

班伏里奧：那聽我勸告，別再想起她。

羅密歐：噢！那你教我怎忘記。

班伏里奧：給你眼自由，多看世美人。

羅密歐：你這種方式，咱越多質詢，

越覺她美豔。快樂這面具，

吻著美人眉，因其是黑色，

給咱心印象，後藏美人兒。

突然盲目人，難忘失明前，

珍貴美景象。示我一美婦，

她美定勝之。那僅一音符，

襯托她美豔，就我所閱覽，

不比她美麗。再見，

你法不能夠，教我去忘記。

班伏里奧：我為此論來買單，否則情願負債死。

（同下。）

第二場 街道

（卡帕萊特、帕里斯及僕人上。）

卡帕萊特：可是蒙特鳩，與我同樣受約束，

同受這懲罰，我想如咱這老年，維持和平並不難。

帕里斯： 說來您兩家，都是名望族，

結下這世仇，真是不幸事。

可是，老伯，對於我求婚，

您有何見教？

卡帕萊特：只是我所說，以前已說過，

閨女今還小，還不懂世事。

她到今為止，不滿十四歲，

再過兩夏天，消她心傲氣，

當我覺她變成熟，可做新娘再說吧。

帕里斯：比她年紀更小人，都已幸福做母親。

卡帕萊特：太早結果樹，一定早凋零。

除了她以外，人世已吞噬，

所有我希望。她是我人生，

唯一的安慰。你向她求愛！

善良帕里斯，若得她歡心，

只要她願意，符合她決定，

我定尊重她，滿口答應你。

今晚按舊例，舉行一宴會，

那裡我邀請，許多我親友；

如我所喜愛，您也是其一，

最受歡迎人，使我人氣旺。

在我寒舍裡，今晚您可見，

耀眼群星降，照亮黑夜空；

讓你青壯士，備感心舒坦。

當那整裝四月花，追踩殘冬跛足跡，

分享心喜此仙女，如花鮮豔眾花蕾，

今晚我家你可以，聽個夠，看個飽，

在那眾多女郎中，恰我女兒也在內，

（偏愛我女我觀點，萬裡挑一她最好）

揀一最好品質人，做您心愛意中人。

來，跟我去。

（以一紙交僕）

美麗維羅納，麻煩你去走一遭，

找到這些人，他們名字已寫這，

邀請他們到我家，歡迎他們到此樂。

（卡帕萊特、帕里斯同下。）

僕人：找到這些人，他們名字已寫此，

這不明擺著，鞋匠用布尺，

裁縫用鐵架，漁夫用畫筆，

畫師用漁網，狗捉老鼠越職司，

可我被叫去，找到這些人，

但我不知道，這寫誰名字，
我須找個識字人。
你們來得巧。
（班伏里奧及羅密歐上。）
班伏里奧：不，兄弟，
新燃一火苗，可滅舊火焰，
新覺那苦痛，可減舊悲傷；
頭暈目眩時，轉身便有救；
絕望與憂傷，新惱可治癒。
給你那眼睛，找一新影像，
原來你沉溺，就會立消亡。
羅密歐：你這車前葉，只好醫治——
班伏里奧：醫治啥？
羅密歐：醫治跌傷你脛骨。
班伏里奧：怎麼，羅密歐，你瘋了嗎？
羅密歐：沒有瘋，但比瘋人更受限；
被關在牢裡，不准進食飲，
挨受鞭撻和酷刑——您好，好朋友！
僕人：您好！請問先生，您可識得字？
羅密歐：識得，這是不幸我資產。

僕人：也許您只會，不照書背誦；

可我請問您，能否看著字，

一個一個唸？

羅密歐：那字和語言，只要我認得，我就可以唸。

僕人：您說很老實；願您得幸福！

（欲去。）

羅密歐：等一等，朋友，我會唸。

「瑪丁諾先生，暨夫人及令嬡；

安塞爾莫伯爵，及美麗諸令妹；

寡居之維特魯維奧夫人；

帕拉森迪奧先生，和其可愛諸侄女；

茂丘西奧和其兄弟瓦倫丁；

卡帕萊特叔父，暨嬸母及諸賢妹；

我美麗侄女，羅瑟琳和利維婭；

瓦倫迪奧，和其表弟提伯爾特；

盧西奧及可愛海麗娜。」

一場仙女會！請他們去哪？

僕人：到——

羅密歐：哪裡？

僕人：到咱家裡去吃飯。

羅密歐：到誰家？

僕人：到我主人家。

羅密歐：確實我應先問你，誰是你主人？

僕人：不用您問了，現在我就告訴您。

富貴榮華卡帕萊特，就是我主人；

若您不是蒙特鳩，或其家裡人，

請您也來喝杯酒，願您得快樂！

（下。）

班伏里奧：這樣一個舊例會，卡帕萊特家舉行，

你所熱戀羅瑟琳，到此參加歡樂宴，

將跟所有絕美人，齊聚一堂維羅納。

你也到那裡，用你公正眼，

與我那指示，比較她容貌，

可讓你知道，你的美天鵝，不過一烏鴉。

羅密歐：要是我那虔敬眼，會信這種謬誤像，

那讓眼淚變火焰，使人溺水卻不死，

昭然異教因謊燒！比我愛人還要美！

燭照萬物那太陽，自其首創此世界，

不曾見過一個人，可以和她相媲美。

班伏里奧：嘿！你見她美豔，因無旁人比，

在你兩隻眼，只有她一人，

但在水晶秤，把你所戀人，

比較眾美女，那我指示你，

耀眼此宴會，那人最完美，

與其相媲美，將示她不足。

羅密歐：我倒要看看；不是看你指示人，

而要看我所愛人，如何放異彩。

（同下。）

第三場 卡帕萊特家中一室

（卡帕萊特夫人及乳媼上。）

卡帕萊特夫人：奶媽，我的女兒呢？叫她來見我。

乳 媼：憑我童貞十二年，我早已叫過她啦。

喂，小綿羊！喂，小鳥兒！

上帝保佑她！這孩子到哪兒去啦？

喂，茱麗葉！

（茱麗葉上。）

茱麗葉：什麼事？誰叫我？

乳 媼：你母親。

茱麗葉：母親，我來了。您有何吩咐？

卡帕萊特夫人：是這麼一件事。奶媽，你出去會兒，我們要談私密話。奶媽，還是回來吧；

我想起來了，你應聽聽咱談話。

你知我女兒，準確的年齡。

乳 媼：對啊，我把她生辰，記得很清楚。

卡帕萊特夫人：她還不滿十四歲。

乳 媼：我賭我牙十四顆，雖說我尚還年輕，

但我只剩四顆牙！她還沒滿十四歲。

現離收穫節，還有多久呢？

卡帕萊特夫人：兩個星期多一點。

乳 媼：不多亦不少，到了那一夜，

收穫節前夜，她才十四歲。

蘇珊跟她同一年，一切基督魂，

上帝都安息！唉！蘇珊跟上帝，

現已在一起，她是我心肉，

但我已說過，收穫節前夜，

她滿十四歲；正是，一點也不錯，

我記很清楚。地震那一年，

從那到現在，已經十一年；

那時她已斷了奶，永遠我也不會忘，

正是那年那一天；我用艾葉塗乳房，

坐在鴿棚牆根下，仰面曬太陽；
老爺跟您那時候，都在曼多亞。
瞧我記性可不壞。但如我所講，
她一嘗到艾葉味，覺得變苦啦，
可愛小傻瓜！她就發起脾氣來，
把我奶頭摔開啦。那時地搖晃，
鴿棚也搖動，我想沒必要，
使我逃離那，從那到今天，
已有十一年；之後她能夠，
亭亭自立站，不，憑著十字架，
她能搖擺著，四處跑動了，
就在那天前，跌破她額角，
去世我丈夫，上帝與他魂，
現已在一起！他人很幽默，
扶起這孩子，「啊！」他說道：
「向前摔壞臉蛋啦？等你年紀再大點，
就要四腳朝天囉；是不是呀，茱麗？」
誰知可愛小東西，忽然停住其哭聲，
說「嗯。」現在看起來，多麼好笑一笑話，
即使我活一千歲，我也不忘這句話。

「是不是呀，朱麗？」他說道；

這個可愛小傻瓜，停住其哭聲，說「嗯。」

卡帕萊特夫人：得了得了，請你別再說下去。

乳媼：是，太太。可我一想到，

她會停哭聲，說道「嗯」，

就禁不住笑起來。然我可保證，

在她額角上，腫起一個包，

有公雞睪丸那麼大，她痛得放聲大哭；

「啊！」我丈夫說道，

「向前摔壞臉蛋啦？等你年紀再大點，

就要四腳朝天囉；是不是呀，茱麗？」

她就停住了哭聲，說「嗯。」

茱麗葉：我說，奶媽，我請求你，省省你口舌。

乳媼：好，我話已說完。上帝保佑你！

你是我撫養，最為可愛兒；

若我能活到，見你嫁出去，

也算了結我，一樁心頭願。

卡帕萊特夫人：婚事，現我要談的，就是她婚事。

告訴我知道，茱麗葉女兒，

現讓你出嫁，你覺怎麼樣？

茱麗葉：這是一榮譽，我還沒夢到。

乳 媼：這是一榮譽！倘非僅我一奶媽，

我定說你這聰明，是從奶頭得來的。

卡帕萊特夫人：好，現你考慮你婚姻。在這維羅納城裡，

那些千金小姐們，比你還年輕，

都已做了母親啦。就拿我來說，

我在你年紀，也已做母親，

而你仍是一貞女。總之一句話，

英武帕里斯，已來向你求過婚。

乳 媼：真是一位好官人，小姐！像他這男士，

小姐，天下也少有。他是完美好紳士。

卡帕萊特夫人：維羅納的夏季裡，難找這樣一朵花。

乳 媼：是啊，他是一朵花，確實是朵特別花。

卡帕萊特夫人：你要說點什麼嗎？是否喜歡這紳士？

今晚咱家宴會間，你就可見帕里斯。

從他臉上你可讀，娟秀筆墨著書卷，

清新飄逸其線條，勾勒完美一畫面；

若你想探書內容，美好書卷藏何物？

在他眼角你可尋。這本珍貴戀愛書，

尚未裝訂缺愛人，做其封面完善他，

魚兒生活在海洋，如若清水沒魚藏，

那可不值去驕傲？他在許多世人眼，

其書確實發榮光，在他金鎖鎖住箱，

金科玉律寶籍藏，若你做了他封面，

那他擁有那一切，你將與他共分享。

乳 媼： 何止如此！女人因夫而長大。

卡帕萊特夫人： 簡單回答我，是否你接受，帕里斯的愛？

茱麗葉： 若我見了他，能夠有好感，

我會喜歡他。 可我眼飛箭，

倘沒得您許，不敢射出去。

（一僕人上。）

僕 人： 太太，客人都來了，餐席已擺好，

請您跟小姐，快些去就餐。

大家在廚房，埋怨著奶媽，

一切亂成團。 我須此等待，

請您馬上來。

卡帕萊特夫人： 我們跟著你。 茱麗葉，伯爵等著呢。

乳 媼： 去吧，小姐，

去找夜夜你良宵，天天你歡樂！

（同下。）

第四場 街道

（羅密歐、茂丘西奧、班伏里奧和五六人戴假面持火炬上。）

羅密歐： 怎麼！我們就用這番話，作為進去那理由，

這麼貿然闖進去，不說一句道歉話？

班伏里奧： 這種繁縟假禮節，現在早已不流行。

咱不必像邱比特，用一圍巾蒙其眼，

背張韃靼花漆弓，像個草人嚇女孩；

對於咱們這登場，不必跟著提示人，

唸那無書登場白；隨其把咱認啥人，

只要咱跳一回舞，走了不就完事啦。

羅密歐： 給我一火炬，我不去跳舞。

我的陰沉心，需要這光明。

茂丘西奧： 不，好羅密歐，咱定要你去跳舞。

羅密歐： 相信我，我無你舞鞋，

也無輕快腳，只有如鉛魂，

把我釘地上，使我難挪移。

茂丘西奧： 你是一戀人，藉著翅膀邱比特，

突破平庸高飛揚。

羅密歐： 他的羽鏃射穿我，使我疼痛難飛翔，

如同輕羽受束縛，使我不能跳出來，

從那生厭悲傷地。在此愛情重壓下，

不堪重負我下垂。

茂丘西奧： 身處愛情要下垂，對此溫柔一東西，

你會不堪其重負？

羅密歐： 愛是溫柔物？

它太粗暴、太野蠻、太狂暴；

它像荊棘會刺人。

茂丘西奧： 若愛虐待你，你也虐待它；

愛情刺痛你，你也刺痛它；

這樣你就可，戰勝愛情啦。

給我一面具，藏起我容顏；（戴假面）

面頰套面具，什麼好奇眼，

會知我殘障，這有甲蟲眉，

可替我遮羞。

班伏里奧： 來，敲門進去；大家一進門，就跳起舞來。

羅密歐： 給我一火炬。 讓那淫蕩輕浮心，

沉醉無知其舞步，因我心處花甲年，

我將做個持燭者，作壁上觀此遊戲，

其已不再吸引人，從前我已過了癮。

茂丘西奧： 胡說！灰心鼠，何出頹廢語！

若你陷泥沼，咱定拉出你，

或救你真愛，洗耳你恭聽！

來，咱別晝熬油！

羅密歐： 不，並非如此。

茂丘西奧： 先生，我的意思是，咱在此拖延，

就如白晝點燈樣，白白浪費咱時光。

讓咱去做有益事，若咱發揮五睿智，

將得五倍判斷力。

羅密歐： 戴此面具去，雖咱存善意，

只怕此去非理智。

茂丘西奧： 可否問個「為什麼」？

羅密歐： 昨晚我做一個夢。

茂丘西奧： 我也做了一個夢。

羅密歐： 是嗎？你做什麼夢？

茂丘西奧： 夢境常是謊。

羅密歐： 雖人在床睡著了，然其夢境真實現。

茂丘西奧： 啊！那麼春夢婆，定已訪過你。

班伏里奧： 春夢婆！她是誰？

茂丘西奧： 她是精靈接生婆；她來難見她形狀，

其身如吏手指上，一顆瑪瑙那麼大；

幾隊細螞蟻，替她拉車子，
當人酣睡時，越過人鼻子；
她的車輪輻，織機長腳製，
她的車頂篷，蚱蜢翅覆蓋；
她的挽套繩，細如蜘蛛絲，
她的衣領帶，如水泛月光；
她鞭蟋蟀骨，鞭打敏如影；
一小灰衣蚊，替她做駕員，
其比圓小蟲，那常去食叮，
慵懶女士手，不足一半大。
她的雙輪車，是由松鼠匠，
或由老蛆匠，用榛空殼製，
費時窮智慧，如仙完美製。
在此狀態中，夜夜其奔馳，
穿過情人腦，夢裡其說愛；
經過官員膝，夢裡其作揖；
經過律師手，夢裡討訟費；
經過娘兒唇，夢裡其接吻，
因為其呼吸，常帶糖果味，
惹怒春夢婆，罰其滿嘴泡。

時奔廷臣鼻，夢裡尋好差；
時她從捐獻，取下豬尾巴，
當其深睡熟，撩撥牧師鼻，
其就會夢見，又領一俸祿；
有時她馳過，一個兵脖子，
他就會夢見，砍殺敵人頭，
埋伏和進攻，用西班牙劍，
五尺深劍鋒。忽然鼓聲入，
使其夢驚醒，因此吃一驚，
罵了一兩句，翻身又睡去。
這是春夢婆，她在夜裡面，
編織馬鬣毛，將人邋遢髮，
烤成精靈結，一旦被解開，
將遭多禍事；這個母夜叉，
當那女孩子，仰面睡覺時，
壓在其身上，教其養孩子，
保其女雅態，這就是她——
羅密歐： 停下，停下，茂丘西奧，
停下來！你在說些無聊事。
茂丘西奧： 確實，我在談論夢，

這是孩子們，慵懶腦幻景，
不生啥事物，僅僅空幻想，
稀薄其本質，就如空氣樣，
它比一陣風，變化更無常，
北方冰雪懷，剛才還求愛，
忽然發起怒，因此收其氣，
翻轉其面目，沐浴南方露。
班伏里奧： 你講這陣風，不知把咱們，
吹到何處去。 晚飯已結束，
咱們來得太晚啦。
羅密歐： 恐怕是太早；我心所憂慮，
一切命結果，其已掛星辰，
伴此夜狂歡，始其駭統轄，
可憎我生命，將遭慘夭折，
關閉我心門，終止我一切。
但是讓上帝，操控我行為，
指引我航向！走，快活朋友們！
班伏里奧： 來，把鼓擂起來。
（同下。）

第五場 卡帕萊特家中廳堂

（樂工各持樂器等候；眾僕上。）

僕 甲： 在哪波特潘？他怎不幫忙，

收拾此盤子？不願搬碟子？

不願揩砧板？

僕 乙： 一切忙碌事，交一兩人管，

叫其手不閒，甚無洗手時，

糟糕透頂事！

僕 甲： 拿走那折凳，搬開低碗櫃①，

留心打碎那盤子。好兄弟，

留我一塊杏仁酥；若你為我心著想，

就讓守門人，讓蘇珊·格林德斯通、內爾、安東尼和波特潘進來！

① 低碗櫃： 16 ～ 17 世紀流行的一種三層餐具櫃，上層為食櫥，中層為抽屜，下層為無門架子，主要用來陳列盤碟。

僕 乙： 哦，兄弟，好的。

僕 甲： 你被尋找著，呼喚著，詢問著，搜尋著，就在大廳裡。

僕 丙： 我可不能夠，兩處分身哪。

僕 乙： 加油，兄弟們，忙過這一陣，將給大家長休整！

（眾僕退後。）

（卡帕萊特、茱麗葉及其家族等自一方上；眾賓客及假面跳舞者等自另一方上，相遇。）

卡帕萊特：諸位紳士，歡迎歡迎！

這裡眾女士，誰腳不生繭，

舞步俊如風。啊哈！我的小姐們，

要是你們間，誰人拒跳舞，

縱長優美身，我也將發誓，

其腳長膿瘡；我猜定沒錯？

諸位紳士，歡迎歡迎！

從前我也曾，戴過假面具，

在一美女耳，講些甜蜜語，

逗其心怒放。如此快樂時，

已經過去了，已經過去了。

諸位紳士，歡迎歡迎！

來，樂工們，奏起音樂來。

站開點！站開點！讓出地方來。

姑娘們，跳起來。

（奏樂；眾人開始跳舞）

混蛋，

把燈點亮點，搬走這桌子，

熄掉這火爐，這屋太熱啦。

啊，好小子！無物擋著道，

玩得方起興。不要坐，不要坐，

卡帕萊特好兄弟，對於你和我，

已經過咱跳舞季，最後那一次，

咱倆戴假面，至今為止多少年？

卡帕萊特族人：當著您夫人，已有三十年。

卡帕萊特：什麼，兄弟！沒有那麼久，

沒有那麼久；自從婚禮盧森迪奧，

很快便有了，彭特科斯特，

大約二十五，咱曾戴一次。

卡帕萊特族人：不止了，不止了；大哥，他兒已長大，已經三十歲。

卡帕萊特：不是你告知，也就兩年前，他兒尚未加冠呢？

羅密歐：攙著騎士手，那位小姐是誰呀？

僕 人：我不知道，先生。

羅密歐：啊！她教那火炬，燃燒放光明；

似乎她光明，懸掛夜空裡，

就如黑人耳，嵌戴璨珠環；

太美不忍用，太貴之珍品！

她是鴉群中，一頭白鴿子，

她隨其女伴，進退自如舞。

等此舞結束，我觀其所立，

握握她素手，祝福我粗手。

現我心仍愛？放棄曾見美，

因我到今晚，才見絕世美！

提伯爾特： 據他這聲音，應該是個蒙特鳩。兄弟，

拿來我的劍。 哼！膽大包天這奴才，

竟敢套著一鬼臉，到此來嘲笑，

諷刺咱盛會？為保血統和榮耀，

把他鞭打死，也不算罪過。

卡帕萊特： 哎喲，怎麼啦，侄兒！

為何如此動怒呢？

提伯爾特： 姑父，這是一個蒙特鳩，是咱仇家一壞蛋；

來此定不懷好意，今晚要擾咱盛會。

卡帕萊特： 是否年輕羅密歐？

提伯爾特： 正是他，壞蛋羅密歐。

卡帕萊特： 消消氣，好侄兒，讓他去吧。

瞧他那舉動，規矩紳士樣；

說句老實話，在城維羅納，

不用吹捧他，算個有品行，

自律好青年。此城這財寶，

我真不願意，在我自己家，
跟他鬧事兒。因此耐你性，
不要在乎他，這是我意思，
你若尊重我，收起你怒氣，
展現你笑顏，莫掃宴會興。
提伯爾特： 如此一惡棍，也做咱賓客，
我怎能容他，在此放肆呢。
卡帕萊特： 不容也得容；怎麼，
你這混小子，我偏要容他。
這裡誰做主？是你還是我？嘿！
你不能容他！上帝會修你靈魂，
當此眾客人，你要奪主嗎？
你還不服氣！要充好漢嗎？
提伯爾特： 不，姑父，這是一恥辱。
卡帕萊特： 得啦，得啦，你這忤逆孩，
如此沒規矩。 耍戲去冒險，
這會害了你，我知咋回事，
你要對抗我！好，長大了——
說得好，氣碎我的心！
你是紈褲一子弟；去，安靜些，

再多點些燈！再多點些燈！否則，

我將叫你自閉嘴。 以此寬慰我碎心！

提伯爾特： 頑固憤怒人，強我多忍受，

好心得惡報，使我身肉跳。

我且退下去；讓他來侵擾，

現在雖得意，釀成苦惡果。

（下。）

羅密歐：（向茱麗葉）如若無值我俗手，

褻瀆神聖你廟宇，

這裡已受溫柔苦，

我嘴唇，兩羞徒，

願用柔吻潤粗俗。

茱麗葉： 好信徒，

莫把手兒來侮辱，

其間展示禮虔誠；

神許信徒觸其手，

握手即是聖徒吻。

羅密歐：若手也神聖，何生聖嘴唇？

茱麗葉：哎，信徒那嘴唇，生來做祈禱。

羅密歐：那麼，親愛的神明，讓唇代手做，

祈禱神佑你，莫讓信仰變絕望。

茱麗葉：神明不移動，已准祈者願。

羅密歐：那請莫移動，我領祈求果，

願我這親吻，滌清我原罪。

（吻茱麗葉）

茱麗葉：那你滌清罪，卻沾我唇間。

羅密歐：來自我唇罪？啊，驅此甜入侵，讓我收回我原罪。

茱麗葉：你親《聖經》吧。

乳 媼：小姐，太太有話對你說。

羅密歐：誰是她母親？

乳 媼：小官人，

府上那太太，就是她母親，

一個好太太，賢德又聰明；

我哺她女兒，就是你剛才，

說話那一位；我告訴您吧，

誰要娶了她，誰就發財啦。

羅密歐：她是個卡帕萊特，噢，孽債呀！

我的這生命，是我仇人債！

班伏里奧：離開這兒吧，這舞真是太好啦。

羅密歐：哎，因此我擔心，良宵越美好，我心越難平。

卡帕萊特：不，列位，暫且莫離開；

尚有一茶宴，恭請諸位嘗，

真的要走嗎？那謝謝諸位；

真誠各紳士，謝謝你們，

晚安！再拿火把來！快點，

讓咱去睡吧。 哎，小子！

天已不早啦；我將去睡會。

（除茱麗葉和乳媼，都下。）

茱麗葉：過來這，奶媽。 那邊那紳士，是誰呀？

乳 媼：老蒂貝里奧繼承子。

茱麗葉：現正要出門，那人是誰呢？

乳 媼：呃，我想他就是，年輕彼得魯喬。

茱麗葉：跟在其後面，但不跳舞人，是誰呀？

乳 媼：我也不認識。

茱麗葉：去問他名字。 要是他已婚，

那麼我墳墓，便是我婚床。

乳 媼：他叫羅密歐，是個蒙特鳩，咱們仇家那獨子。

茱麗葉：我的唯一愛，竟是唯一我憎恨，

早時相見不相識，相知恨晚識！

意外產生愛，對我這愛倍驚奇，

因我所深愛，竟是可憎我敵人。

乳 媼：你在說什麼？你在說什麼？

茱麗葉：這是一首詩，陪我跳舞人，剛剛教我的。

（內呼，「茱麗葉！」）

乳 媼：就來，就來！咱們走吧；所有客人都走了。

（同下。）

第二幕

開場詩

（致辭者上。）

昨日舊情慾，已躺亡故床，

新鮮那愛戀，生出其後裔；

曾經牽魂愛，那美已消亡，

因比茱麗葉，今已不算美。

年輕羅密歐，重陷愛泥潭，

被其媚容貌，吸引似已醉；

但因其仇讎，他常多抱怨，

她竊愛甜蜜，願誘上金鉤。

懷抱一仇敵，他難有機會，

如同平常愛，去發共同誓，

她也同樣愛，但途少許多，

對她所被愛，竭力去呵護，

但情借其力，找時去相迎，

克服多艱難，換來無限甜。

（下。）

第一場 維羅納，卡帕萊特花園牆外的小巷

（羅密歐上。）

羅密歐：當我心留此，我能離此去？

還是轉回去，行屍你走肉，

去找你靈魂。

（攀登牆上，跳入牆內。）

（班伏里奧及茂丘西奧上。）

班伏里奧：羅密歐！羅密歐兄弟！

茂丘西奧：他是聰明人，憑著我生命，

他已溜到家，躺到床上了。

班伏里奧：他往這路跑，躍此花園牆。

好茂丘西奧，你叫叫他吧。

茂丘西奧：不，我要唸咒叫他出。羅密歐！

伶人！瘋子！狂人！情郎！

快出一聲你嘆息！

只要唸行詩，我就很滿足，

僅說句「哎，我！」，向咱維納斯①，

閒聊說好話，為其瞎眼兒，

取個年輕好綽號，亞伯拉罕·邱比特，

他乃神弓手，竟讓國王科弗圖瓦，

愛上叫花女！他還沒聽見，

他還沒做聲，他還沒動靜；

死了這猴崽，我將咒出他。

憑著亮眼羅瑟琳，我將咒出他，

憑她高前額，緋紅她嘴唇，

憑她白皙腳，筆直那秀腿，

彈性豐滿臀，和其毗連地，

憑著此一切，給咱現出你行跡！

① 維納斯：古羅馬女神，司掌農田和園林，後來認為她就是司掌愛情的希臘女神阿芙蘿黛蒂。朱庇特和狄俄涅之女，伏爾甘之妻、邱比特之母。維納斯象徵愛情和女性美，自古就是重要的藝術題材，著名的維納斯像包括《米洛斯的維納斯》和 S. 波提切利所畫的《維納斯的誕生》。

班伏里奧：他要聽見了，一定會生氣。

茂丘西奧：難叫他生氣；他要是生氣，

在他情人圈，他養一精靈，

有些怪天性，讓他那站立，

直等她睡躺，施法降伏它，

那才懷惡意；我咒誠又好，

以他情人名，只為喚出他。

班伏里奧： 來，他已躲到樹叢裡，跟那黑夜做伴了；

愛情本身就盲目，讓他在此摸黑吧。

茂丘西奧： 如果愛情是盲目，就難射中靶。

他現該坐歐楂下，希望他情人，

已成他的歐楂果。 與那歐楂女，

獨自相顏笑。 啊，羅密歐，但願，

但願她是歐楂果，而你是她完美梨！

羅密歐，晚安！我要上床睡覺去，

這兒草床太寒冷，我可睡不著。

來，咱們走吧。

班伏里奧： 走吧；當他不想被找到，再找也是白徒勞。

（同下。）

第二場 卡帕萊特家的花園

（羅密歐上。）

羅密歐： 從沒受傷人，才笑人傷疤。

（茱麗葉自上方窗戶中出現）

但是請輕聲！那邊窗子上，

吐露什麼光？那就是東方，
茱麗葉就是太陽！起來吧，
美麗的太陽！殺掉妒忌月，
她因女弟子，比其長得美，
心懷此痛苦，氣病臉蒼白。
既然她妒忌，莫做她侍女，
把其病綠色，貞女那道服，
它僅愚人穿，請你脫下來。
你是我伊人，啊！這是我的愛；
唉，但願她知道，她是我的愛，
她欲說什麼，然她啥沒說，
那是什麼呢？她眼已透露，
我將回答她；我自太魯莽，
她非對我說。所有天空裡，
兩顆最美星，因其有事情，
請求她眼睛，閃耀其夜空。
直到其歸來，若那她眼睛，
仍懸夜空裡，則她亮臉蛋，
群星也羞慚，就如白晝裡，
燈光無光亮，其眼夜空裡，

穿透銀河光，鳥覺非夜晚，

放歌齊鳴唱。看她用其手，

托住其臉蛋，啊，我願做手套，

戴在其手上，那我就能夠，

親吻她臉蛋。

茱麗葉：唉，我！

羅密歐：她說話了。啊！繼續往下呀！

光明的天使！因你是今夜，

在我頭頂上，輝煌天堂中，

長翅一天使，讓那塵世人，

張大驚奇眼，出神仰望他，

看他駕白雲，從那天胸膛，

緩緩馳過去。

茱麗葉：羅密歐啊羅密歐！為何你是羅密歐？

否認你父親，拋棄你姓名；

也許你不願，只要你宣誓，

願做我愛人，我將再不願，

做一個卡帕萊特。

羅密歐：（旁白）我是聽下去，還是就此對她說？

茱麗葉：只有你名字，才是我仇敵；

不姓蒙特鳩，仍是你自己，

換個其他名，何是蒙特鳩？

它非你的手，也非你的腿，

非臂非臉蛋，不是何肢體，

使你成男士。什麼是名字？

那咱叫玫瑰，若換別名字，

聞來同芬芳；因此羅密歐，

莫叫羅密歐，沒有那名字，

他仍還保留，從前他完美。

羅密歐，拋棄你名字，賠償你空名，

其非你肢體，給你我一切。

羅密歐： 我聽你話迎娶你，只要你叫我愛人，

我就重新受洗禮，重新取名字，

從今往以後，永不再叫羅密歐。

茱麗葉： 你是什麼人，黑夜躲在此，偷聽我心語？

羅密歐： 因為那名字，不知如何告訴你，

我叫什麼名字呢。 敬愛的神明，

我恨我名字，因它就是你仇敵；

若其寫紙上，我定把它撕粉碎。

茱麗葉： 雖我耳朵尚沒有，灌進一百字，

但你舌尖吐出語，使我認識你聲音；

你不就是羅密歐，一個蒙特鳩？

羅密歐：不，美人，若你不喜這名字。

茱麗葉：請你告訴我，如何你到這裡來？

為何到這來？花園牆壁那麼高，

那麼難攀爬；要是我家人，

知道你是誰，定置你死地。

羅密歐：憑藉愛輕翼，我躍那園牆，

因那磚石牆，難把愛阻斷；

愛情能做事，它會冒險試，

因此你家人，難把我阻止。

茱麗葉：若其見了你，定把你殺死。

羅密歐：唉！比其劍二十，你眼更厲害；

一見你溫柔，我就能耐其仇恨。

茱麗葉：無論如何我不願，讓其瞧見你在這。

羅密歐：夜晚那黑幕，替我遮蔽其眼睛。

只要能得你愛我，讓其找到我；

比起沒有你的愛，而在世上白挨命，

不如死於仇人恨，結束我命還更好。

茱麗葉：透過誰指引，找到這地方？

羅密歐： 透過愛指引，其使我打聽，
替我出主意，我借他眼睛。
我無領航員，然而雖如此，
你在遠海濱，遙遠海衝擊，
我也會冒險，去為此經營。
茱麗葉： 幸虧這黑夜，替我罩面紗，
像我一貞女，羞愧滿臉頰，
因你今晚上，聽去我心語。
我願遵禮法，否認我所說，
但是再見吧！一切成事實，
是否你愛我？我知你會說「是」；
我也會信你；然若你發誓，
證明你虛假，愛人偽誓言，
一笑了之朱庇特[1]。溫柔羅密歐！
若你真愛我，誠懇告訴我；
或你若認為，太易贏我心，
我會堆怒容，反常變任性，
向你說「不」字，讓你來求情，
除此無緣由，更非世情因。
俊秀蒙特鳩，我真太痴情，

因此你會想，輕浮我言行；

但請相信我，先生，比起狡猾人，

假裝做矜持，證我更真切。

我須自坦白，倘非你偷聽，

在我注意前，已明我真情，

我會更矜持；因此原諒我，

是因此黑夜，洩我心祕密，

莫把我此舉，歸咎輕浮愛。

① 朱庇特：又作喬夫。古羅馬和義大利的主神，相當於希臘的宙斯，是天空的主宰。同廟祀奉的還有朱諾和密涅瓦，三神同祀這種傳統據說是埃特魯斯坎人傳入羅馬的。朱庇特和締約、結盟及誓言有關；他是共和國和後來的皇帝的守護神。卡皮托爾山上的神廟是羅馬最早供奉他的廟宇。對他的崇拜遍及整個義大利，凡被雷擊之處都歸他所有。櫟樹是他的聖樹。

羅密歐：姑娘，憑那幸福月，其倒銀牛乳，

塗此果樹梢，我發誓——

茱麗葉：啊！莫指月起誓，變化其無常，

在其圓軌道，每月盈虧變；

以免你愛情，也像其易變。

羅密歐：那我憑何起誓呢？

茱麗葉：根本不用你起誓；或者要是你願意，

憑你優美身起誓，那是崇拜我偶像，

對此我定相信你。

羅密歐： 若出我心深情愛———

茱麗葉： 好，別起誓啦。 雖我喜歡你，

然我不喜歡，今晚這約會；

倉促太輕率，一切太突然，

太像那閃電，在人能說「閃電」前，

它已停止了。 親愛的，晚安！

這朵愛蓓蕾，沐夏熟氣息，

下次咱相見，或開美麗花。

晚安，晚安！但願甜安息，

降臨你心庭，就如我心房！

羅密歐： 啊！這樣就讓我離去，不給一點滿足嗎？

茱麗葉： 今夜還要何滿足？

羅密歐： 你那忠實愛誓言，還沒跟我交換呢。

茱麗葉： 在你沒有要求前，我已把它給了你；

可我卻願意，重新再給你。

羅密歐： 你要把它拿回去？為了何目的，愛人？

茱麗葉： 為了更真誠，重新再給予，

然我只願意，給我已有物。

我的這慷慨，與海同浩瀚，

我的這愛情，深沉似海洋；

我給你越多，我自越富有，

因其都無限。

（乳媪在內呼喚）

我聽裡面有人叫；親愛的，再會吧！

請稍等，好奶媽！親愛蒙特鳩，

願你莫負心。請等一會兒，

我會再重來。（自上方下。）

羅密歐：哦，幸福的，幸福的夜啊！

我恐怕，是夜景，所有一切皆是夢。

太多奉承美，不會是真實。

（茱麗葉自上方重上。）

茱麗葉：親愛羅密歐，再說三句話，

真的再會了。要是你的愛，

誠實又正大，你意在婚姻，

明天我叫人，到你地方來，

請你給我話，何地何時候，

舉行那婚禮，把我整命運，

託付在你身，只要你叫我，

我就會到來，把你當我主，

隨你遍天涯。

乳 媼：（在內）小姐！

茱麗葉：稍等，我就來。但是如果你，

沒有何誠意，那麼我請你——

乳 媼：（在內）小姐！

茱麗葉：等一等，我來了；

停止你求愛，讓我自悲傷。

明天我會叫人來。

羅密歐：讓我靈魂欲出竅。

茱麗葉：一千次的晚安！（自上方下。）

羅密歐：一千次的心悲傷，渴望得到你光明！

愛人去赴愛人約，就像孩童離其書，

當愛與愛分別時，似童上學臉憂愁。

（退後。）

（茱麗葉自上方重上。）

茱麗葉：噓！羅密歐！噓！唉！

以一喚鷹聲，再招此鷹回。

束縛啞無聲，不能高聲語，

否則破洞穴，厄科①那睡躺，

使她靈便舌，比我更沙啞，

因我反覆說，我的羅密歐。

① 厄科：希臘神話中的仙女，因愛戀美少年那耳喀索斯不遂而形消體滅，化為山谷中的回聲。

羅密歐： 那是我靈魂，叫喊我名字。

夜晚銀舌唱，甜蜜愛人聲，

最為柔和樂，進入伊人耳！

茱麗葉： 羅密歐！

羅密歐： 我的愛！

茱麗葉： 明天幾點鐘，我應叫人來找你？

羅密歐： 就在九點鐘。

茱麗葉： 我定不失信；挨到那時候，

似有二十年！我已不記得，

為何叫你回。

羅密歐： 讓我站這兒，直到你想起。

茱麗葉： 我將永遠忘記它，使你一直站那裡，

使你記得我愛你，多麼喜歡你陪伴。

羅密歐： 我將一直等，讓你一直想不起，

忘記除了這，還有別的家。

茱麗葉： 就快天亮了，我願你離去；

然距不遠於，淘氣一小鳥，

讓牠單足跳，就可抓在手，

就像一犯人，其身帶鐐銬。

用一絲綢線，把牠再拉回，

愛人嫉妒心，不給牠自由。

羅密歐：我願是你那鳥兒。

茱麗葉：親愛的，我也願如此；

可我卻擔心，太多我疼愛，

會把你殺死。晚安！晚安！

離別是如此，甜蜜又憂傷，

我願說晚安，一直到天明！

（下。）

羅密歐：睡眠合你眼，安寧你心房！

願我睡平靜，甜蜜去安眠！

因此我將去，我的神父殿，

告他我偶遇，期盼他幫忙。

（下。）

第三場 勞倫斯神父的寺院

（勞倫斯神父攜籃上。）

勞倫斯：灰白早晨眼，笑開蹙眉夜，

記下東方雲，縷縷光條紋，

飾夜以斑點，旋轉如酒徒，

從那晝路徑，燃燒如巨輪，
現在趁太陽，未睜其火眼，
歡呼夜濕露，在其曬乾前，
我須裝滿這，我的柳篋筐，
惡毒草靈葩，珍貴花汁漿。
地是自然母，又是她墓穴，
將她來埋葬，又是她子宮，
正從她子宮，生下眾孩兒，
自然哺乳咱，咱才找其胸！
多少造化美，曾經其育植，
各有其品質，又各不相同，
啊，許多優美質，玄妙藏其中，
草木與石塊，有其真品質，
地球所生物，無物屬卑鄙，
而是這地球，賦其殊美質，
無物存益處，超過合理使，
物極必生反，濫用必生錯，
美德被誤用，自變邪惡罪，
罪惡巧妙用，有時結善果。
這些小花朵，其間含幼果，

中藏有毒物，具有藥效能，

因其被聞到，其香袪百病，

如若被淺嚐，殺人去知覺。

如此抗藥王，安靜各紮寨，

人也如草木，善惡同存在，

倘若惡勢力，占據主導位，

不久那潰瘍，吞那植株死。

（羅密歐上。）

羅密歐： 早安，神父。

勞倫斯： 上帝祝福你！什麼溫柔聲，

早早祝福我！上帝年輕兒，

何事煩擾你，紊亂你心頭？

使你這麼早，便向你床鋪，

致意早上好；每一老人眼，

憂慮常光顧，睡眠永不來。

青年無憂傷，無物塞大腦，

橫躺其肢腳，酣睡便統轄。

所以你早起，定是心煩惱，

或非此情況，那麼羅密歐，

昨夜沒睡覺，我猜定沒錯。

羅密歐：後一猜測是對的；

昨夜我享受，更為甜蜜息。

勞倫斯：上帝饒罪惡！你跟羅瑟琳在一起？

羅密歐：跟羅瑟琳在一起，我的神父？不，

我已忘記那名字，和那名字帶來痛。

勞倫斯：那才是我好孩子；但你究竟去哪啦？

羅密歐：我將告訴你，在你再問前。

我去赴敵那宴會，突有一人傷了我，

她也被我所傷害；唯你幫助賜聖藥，

才可醫治我倆傷。神父，我不存怨恨，

因你瞧，我的這說情，同樣也為我敵人。

勞倫斯：好孩子，說得明白點，老實告我你意向，

莫再打啞謎，趕快揭謎底。

羅密歐：那我明白告訴你，我的心庭真情愛，

已經傾注美女身，富裕卡帕萊特女。

就如我愛傾注她，她愛同樣傾注我，

拯救一切咱締結，神聖婚禮你主持。

何時何地如何見，求婚交換愛盟誓，

我將告你這一切，但我請你先答應，

今天就替咱成婚。

勞倫斯：聖潔聖·弗朗西斯！這是什麼一變化！

難道羅瑟琳，深深你所愛，

已經被拋棄？年輕男士愛，

不源其真心，而源眼攝美。

耶穌馬利亞！你為羅瑟琳，

多少鹹淚水，洗你灰黃臉！

如此鹹淚水，丟掉白浪費，

為適你愛情，前愛你未嘗。

向天你嘆息，太陽未遣散，

往日你呻吟，尚縈我老耳！

瞧你這臉頰，尚留你淚痕。

若你仍自己，這悲你自吟，

你與你悲痛，仍屬羅瑟琳，

難道你變心？你再說一遍，

當男無恆心，莫怪女易遷。

羅密歐：因愛羅瑟琳，你常責備我。

勞倫斯：我的學生呀，所以責備你，

不是因戀愛，而為你溺愛。

羅密歐：你叫我把愛埋葬。

勞倫斯：不是把前埋墳墓，再去外面覓新歡。

羅密歐：請你不要責備我；現在我所愛的她，

需要美貌有美貌，需要愛情有愛情，

與前那個不一樣。

勞倫斯：啊，她太瞭解你，

你愛讀起太生硬，尚沒記熟能拼寫，

但來吧，朝三暮四的青年，跟我走；

從另一方面考慮，我願助你一臂力：

因為你們這聯姻，可使你們兩家仇，

轉化純潔愛親家，或許是件幸福事。

羅密歐：啊！那咱趕快去，我急不可耐。

勞倫斯：凡事三思而後行；跑得太快會摔倒。

（同下。）

第四場 街道

（班伏里奧及茂丘西奧上。）

茂丘西奧：羅密歐，這魔鬼，到底在哪裡？

昨晚他沒回家嗎？

班伏里奧：沒有在家裡，我已問過他僕人。

茂丘西奧：啊！白面狠心那女人，就是那個羅瑟琳，

如此折磨他，他定要瘋了。

班伏里奧：提伯爾特，老卡帕萊特那親戚，

他把一封信，送到蒙特鳩家裡。

茂丘西奧： 憑著我生命，定是一挑戰。

班伏里奧： 我看羅密歐，定會給他一答覆。

茂丘西奧： 任何能寫字，都會回他一封信。

班伏里奧： 不，他將回覆信主人，接受其挑戰。

茂丘西奧： 唉！可憐羅密歐！他已死掉了，

白婦黑眼睛，刺傷他的心；

一支愛戀歌，射穿他雙耳；

瞎眼彎弓童，裂其固定心，

用其鋒利箭。 如何成男士，

抵擋提伯爾特？

班伏里奧： 為什麼，誰是提伯爾特？

茂丘西奧： 我可告訴你，他非普通貓。

啊！他是英勇人，受頌一首領。

跟人打起架，就如唱著號子樣，

保持那時間、地點和比例，

給我最少休息時，然後一二三，

刺進你胸膛；雖然著絲扣，

全然一屠夫，決鬥一能手；

擊劍一專家，名門一紳士。

由此兩原因，不朽擊劍手！

刺擊加反擊，嗨聲連一片！

班伏里奧：什麼聲？

茂丘西奧：如此古怪含混說，令人可笑怪人聲，

發出樂器沉重音！「憑著耶穌他們說，

好柄鋒利的刀刃！好一高大的壯漢，

好一瘋婊子！」先祖，奇怪這蒼蠅，

為何咱應受此苦，豈非可憐一事物，

這些時髦商販子，這些寬恕咱們人，

受制太多新形式，不滿安坐其舊凳，

噢，這是其精髓，這是其精髓！

（羅密歐上。）

班伏里奧：羅密歐來了，羅密歐來了。

茂丘西奧：如此孤零零，像一乾青魚。

啊，肉啊肉，如何你成烤乾魚！

現他也其一，沉浸彼特拉克[①]詩。

比起他情人，勞拉僅是灶丫鬟，

哎，她雖有個好愛人，作詩讚美她；

狄多[②]是個邋遢女；克利歐佩特拉，

是個吉普賽姑娘；海倫[③]和海羅，

娼妓和懦夫；西斯貝[4]，灰眼娘，

不中他心意。羅密歐先生，你好！

對你法國服，行一法國禮！

昨晚你給咱，全然一欺騙。

① 彼特拉克：義大利學者、詩人和人文主義者。以其十四行詩（尤其是愛情詩）聞名於世，被尊為「詩聖」。他的詩作有許多都是歌頌他的愛人勞拉的。

② 狄多：迦太基女王，是希臘神話中的十二主神之一。

③ 海倫：希臘神話中最美麗的女人，特洛伊戰爭的間接起因。她是宙斯和勒達（或涅墨西斯）所生的女兒，狄俄斯庫里兄弟的姊妹。

④ 西斯貝：奧維德《變形記》中巴比倫愛情故事的女主角。

羅密歐：兩位早安啊！我給你們啥欺騙？

茂丘西奧：你悄悄溜走；你不承認嗎？

羅密歐：請你原諒我，好茂丘西奧，

我有重要事，在那情況下，

如我這男士，只好失禮了。

茂丘西奧：那麼就是說，如你這情況，

強逼一男士，鞠躬拙表演。

羅密歐：意思是說賠個禮？

茂丘西奧：你已中要害之處。

羅密歐：最為謙恭一講解。

茂丘西奧：不，我是謙恭到極點。

羅密歐：極點到家了。

茂丘西奧：對。

羅密歐：那我軟舞鞋，已經用花裝飾好。

茂丘西奧：講得妙；現你跟我這笑話，

直到穿破你舞鞋，當你僅穿其一隻，

這個笑話仍依舊，因你僅穿其一隻。

羅密歐：啊，單一唯一這笑話，為了單一僅一隻。

茂丘西奧：快來幫我忙，好班伏里奧；

我智已枯竭。

羅密歐：快馬加鞭來，快馬加鞭來，

否則我就要，宣告勝利了。

茂丘西奧：不，若是咱智力，野鵝般追跑，

那我認輸了；因為五官你智力，

比那野鵝還要快，我信五官我智力，

加起不比你一官。可是當你追雌鵝，

我哪跟你在一起？

羅密歐：何時哪裡追雌鵝，你沒跟我在一起？

茂丘西奧：為了那笑話，我將咬去你耳朵。

羅密歐：不，好鵝兒，莫咬我。

茂丘西奧：你這笑話甜得苦；簡直就是辣醬油。

羅密歐： 對此甜美鵝，豈不妙絕配？

茂丘西奧： 啊，這兒妙趣橫生呀，

僅從一寸那麼窄，延伸厄爾[1]那麼寬！

① 厄爾：古斯堪地那維亞長度單位，1 厄爾合 45 英吋。

羅密歐： 我僅使得它，字母那麼寬；

被你添加得，胖鵝那般寬，

證你占位置，寬大一胖鵝。

茂丘西奧： 現在這樣子，呻吟求愛來，

不是更好嗎？熱情好交際，

現你羅密歐，才是你自己；

不論靠藝術，還是天生來，

為了糊塗愛，像一大白痴，

奔上又奔下，將他小玩意。

藏進一洞裡。

班伏里奧： 停下，停下。

茂丘西奧： 你要讓我停故事，留著尾巴不好吧？

班伏里奧： 若不打住你，你的故事要變長。

茂丘西奧： 啊，你被欺騙了；我已把其縮短了；

我的故事已到底，不想再占這位置。

羅密歐： 這有漂亮一衣服！

（乳媼及彼得上。）

茂丘西奧：一艘帆船，一艘帆船！

班伏里奧：兩艘，兩艘！一公一母。

乳 媼：彼得！

彼 得：有！

乳 媼：彼得，我的扇子。

茂丘西奧：好彼得，遮住她的臉；

因為她扇子，比她臉面更好看。

乳 媼：早上好，列位先生。

茂丘西奧：晚上好，好太太。

乳 媼：是道晚安時候嗎？

茂丘西奧：我告訴你，不會錯；

因為下流表指針，現在正指中午呢。

乳 媼：根據你所說！你是何男士！

羅密歐：好女士，上帝造了他，使其自毀損。

乳 媼：以我忠實言，這話有道理，

自己做毀損，他說的？

列位先生，有誰能告我，

何處我可尋，年輕羅密歐？

羅密歐：我可告訴你；當你找到他，

年輕羅密歐，已比你尋他，

老了一些了。因為糟糕錯，

我是那名字，最為年輕人。

乳 媼：您說得真好。

茂丘西奧：說句實在的，最壞一傢伙，

被當很好人，有道理，有道理。

乳 媼：先生，如果您是他，

我要單獨跟您說點事。

班伏里奧：她要請他吃晚飯。

茂丘西奧：一個老鴇母，一個老鴇母！啊嘿！

羅密歐：你發現什麼啦？

茂丘西奧：先生，不是野兔子；先生，

如果不是野兔子，就是齋節兔肉餅，

一些灰白物，沒吃就發霉。

（唱）

陳腐發霉兔，

陳腐發霉兔，

原是齋節好肉餅：

但一發霉兔肉餅，

二十人，吃不盡，

當其發霉消費前。

羅密歐，是否到你父親那？

我們要在那吃飯。

羅密歐：我將跟你來。

茂丘西奧：再見，老太太；再見，

（唱）

姑娘！姑娘！姑娘！

（茂丘西奧、班伏里奧下。）

乳 媼：好，再見！先生，請問你，

無禮這傢伙，專搞惡作劇，

到底是誰呀？

羅密歐：一個紳士，奶媽，

喜聽自己獨說話；一分鐘內他說話，

比起他在一月裡，聽人講話還要多。

乳 媼：若是其敢說，對我不敬話，

我將挫敗他，縱他再強大，

二十這傢伙，我也能對付，

要是不能夠，我會尋幫助，

能夠對付他。下流一惡棍！

我非調情嘴，我非泥婊子。

（向彼得）你也能忍受，
看著那流氓，把我來調戲！
彼 得： 我沒見何人，把你來調戲；
要是我見了，我劍立出鞘。
我向你保證，若我碰到了，
你與人吵架，只要咱在理，
我敢拔出劍，立刻向敵人。
乳 媼： 現在上帝前！如此我難堪，
氣得我哆嗦。下流一流氓！
請求你，先生，我有一句話，
如我剛才說，我們家小姐，
叫我來找您；她叫我說話，
我將自保留；首先告訴你，
若你想誘她，似愚偷禁果，
正像人所說，那非善行為，
正如人所說，此女尚年輕，
因此，若你騙了她，
你將倍付價；若你真做出，
傷害一事情，無論對何女，
實屬不應該。

羅密歐：奶媽，向你家小姐，為我說好話。

我可向你做保證——

乳　媼：好心人，說真的，我就這樣告訴她。

主啊！主啊！她將成為樂婦人。

羅密歐：奶媽，你將告她什麼話？你沒聽我說。

乳　媼：我將告訴她，你已做保證，

我可做證明，你如一紳士。

羅密歐：叫她想辦法，就在今下午，

出來做懺悔，勞倫斯神父院，

我們在那行婚禮。這是你酬勞。

乳　媼：不，真的，先生，不用一個錢。

羅密歐：拿著，我說你應得。

乳　媼：今天下午嗎，先生？好，她定去那裡。

羅密歐：好奶媽，寺院牆壁後，請你等一等，

一個小時內，我將叫僕人，

給你一繩索，就像固定梯，

登上高桅帆，其將護送我，

祕密黑夜裡，去尋我歡悅。

再會！願你可信賴，我定犒勞你。

再會！向你家小姐，為我說好話。

乳 媼： 天堂上帝保佑您！聽你的，先生。

羅密歐： 你要說什麼，我的好奶媽？

乳 媼： 您那僕人可靠嗎？您沒聽人說，

兩人可保密，加人便洩密？

羅密歐： 向你做保證，我僕堅如鋼。

乳 媼： 好先生，我主是個好女士。

主啊！主啊！當她還是小東西，

咿呀學語時，啊！鎮裡就有一紳士，

其叫帕里斯，其欲持刀上船來，

把她搶到手；可是她，好人兒，

不願見蛤蟆，見他就如見蛤蟆。

有時逗她怒，告她帕里斯，

是個不錯人，但我可保證，

當我這樣說，在此整世界，

她面白如紙。羅絲瑪麗[①]花，

和那羅密歐，其名是否是，

同字開頭的？

① 羅絲瑪麗：即迷迭香（rosemary），是婚禮常用花。

羅密歐： 是的，奶媽；那樣怎麼啦？

都是羅字開頭的。

乳 媼：啊，開玩笑！那是狗名字；

羅就是那個——不；我知它是以，

其他字開頭：她有漂亮警句意，

如你同羅絲瑪麗花，你去聽一聽，

對你有好處！

羅密歐：向你家小姐，為我說好話。

乳 媼：好，千百遍。（羅密歐下）彼得！

彼 得：有！

乳 媼：彼得，拿著我扇子，前面帶路，快些走。

（同下。）

（茱麗葉上。）

茱麗葉：當鐘敲九點，我差奶媽去；

半個小時內，她就會返回。

或她沒見他；那是不會的。

啊！她是跛足者。戀愛那使者，

應懷那思想：十倍快滑行，

超過太陽光。驅車把陰影，

趕回陰暗山，因此敏捷鴿，

借羽載愛情，迅捷朱庇特，

因此有翅膀。現在那太陽，

在其今日途，高高立山間。

從九到十二，很長三鐘點，

然她還沒回。 若她有感情，

年輕暖血液，她應快運行，

就像球兒樣，我話透過她，

快速傳愛人，再把他話語，

帶回我這裡；可是年老人，

大多像死人，笨拙慢騰騰，

沉重似墜鉛，啊，上帝！她來了。

（乳媼及彼得上。）啊，親愛的奶媽！什麼消息？

碰到他了嗎？叫那人出去。

乳 媼： 彼得，門口去等著。 （彼得下。）

茱麗葉： 親愛好奶媽———哦，上帝啊！

為何你懊惱？即使壞消息，

也應高興說；若是好消息，

莫要戲弄我，用此辛酸臉，

掩蓋那消息，美妙動聽樂。

乳 媼： 累死我啦，讓我歇一會。

哎喲，我的骨頭好痛呀！

你知我趕了多少路！

茱麗葉：我願你取我骨頭，我取你消息。

快點嘛，求求你，好、好奶媽，你快說。

乳 媼：耶穌哪！你忙什麼？你不能等一會？

你沒看見我，氣都難喘嗎？

茱麗葉：若你難喘氣，你怎還有力，

對我說那話，你氣都難喘？

你找這藉口，分明在拖延，

比你告訴我，更加要費時。

你的那消息，是好還是壞？

你先回答這，選擇一個答，

我將等著你，細細講情況。

讓我滿足下，是好還是壞？

乳 媼：好，你做簡單擇；你還不知道，

怎樣選男士。羅密歐！不，不是他，

雖然他的臉，比人長得好；

然而他的腿，勝過所有人；

講到他的手，他腳和身體，

雖然這種話，不大好出口，

然而比起來，他非禮貌花，

但我保證他，溫和若羔羊。

姑娘，去走你的路；好好敬上帝。

對了，你在家裡吃飯沒？

茱麗葉： 沒，沒有。 但是這些話，

我早就知道。 關於我婚事，

他說什麼啦？我要聽那個！

乳 媼： 主啊！我頭痛死了！

我有什麼頭！似要痛得我，

裂成二十塊。 我的背抽筋；

哎喲，我的背！我的背呀！

你的好心腸，叫我去奔走，

如此奔去來，讓我去尋死。

茱麗葉： 說實話，害你不舒服，我覺很抱歉。

親愛、親愛、親愛好奶媽，

告訴我，我的愛人說何話？

乳 媼： 你的愛人說，像一誠實士，

有禮貌，很和藹，很英俊，

保證有德行——你媽在哪呢？

茱麗葉： 我媽在哪裡！為何，她就在裡面；

她會在哪裡？你的回答多古怪！

「你的愛人說，像個誠實士，

你媽在哪呢？」

乳 媼： 哎喲，親愛的聖母娘娘！

你這樣性急？喲！想已準備好，

不為我痛骨，敷上藥膏嗎？

那麼你以後，自己去送信。

茱麗葉： 別再繞彎子！快點，羅密歐怎麼說？

乳 媼： 是否你已得准許，今天去懺悔？

茱麗葉： 我已得到了。

乳 媼： 那麼你快到，勞倫斯神父寺院，

那有一丈夫，等你做其妻。

現你淫蕩血，羞紅你臉蛋，

何人得此聞，都會漲紅臉。

你快去教堂，我從另外路，

去拿一梯子，等到天黑時，

你愛就可以，爬進鳥巢裡。

為了你快樂，我需多辛苦；

但你到晚上，要負那重擔。

趕快去寺院，我要去吃飯。

茱麗葉： 快去領賞賜！好奶媽，再會。

（各下。）

第六場 勞倫斯神父的寺院

（勞倫斯神父及羅密歐上。）

勞倫斯： 但願天祝福，神聖這結合，

莫因日後痛，把咱來譴責！

羅密歐： 阿門，阿門！儘管降我身，

無論何悲哀，都難抵得過，

簡短一分內，她給我歡樂。

用你神聖語，締結咱雙手，

儘管那死神，怎樣去吞沒，

稱她我愛人，對我已足夠。

勞倫斯： 狂暴這快樂，悲壯落幕帳，

它們勝利死，如火與火藥，

當其親吻時，毀滅自消亡。

最甜那蜜糖，美味其自厭，

就是那味覺，挫傷那胃口，

因此溫和愛，才會愛長久。

太快和太慢，結果都殘缺。

第五場 卡帕萊特家的花園

（茱麗葉上。）

勞倫斯：那位小姐來了。啊！輕盈那腳步，

絕不會耗盡，永恆打火石；

一個戀愛人，騎駕那蛛網，

沉浸夏空氣，嬉戲空閒逛，

然卻不跌下，太輕虛無物。

茱麗葉：晚安啊，神父。

勞倫斯：孩子，羅密歐，將會替我感謝你。

茱麗葉：對他已問好，何必多餘他感謝。

羅密歐：啊，要是茱麗葉！快樂你感覺，

堆積如我樣，要是你技藝，

更多點綴它，那讓你氣息，

甜蜜你周圍，讓你音樂舌，

打開想像樂，彼此邂逅者，

都得同樣樂。

茱麗葉：空想，物質比語言，更加要充實，

自誇其物質，而無物裝飾，

其僅是乞丐，能數其價值，

但是我真愛，成長已超此，

我已難計算，一半我家財。

勞倫斯：來，跟我來，我們縮減這工作；

因在你們離開前，直到神聖那教會，

把你兩人合為一，你倆不能待一起。

（同下。）

第三幕

第一場 維羅納，廣場

（茂丘西奧、班伏里奧、侍童及若干僕人上。）

班伏里奧：好茂丘西奧，真的我求你，

咱們回去吧。如此熱天氣，

外面全都是，卡帕萊特人，

若咱碰到了，難免又吵架；

因在此熱天，狂躁人易怒。

茂丘西奧：你像那種人，當其進酒店，

把劍桌子放，說道：「上帝保佑我，

使我不用你！」等喝兩杯後，

因那無緣故，拔劍向酒家。

班伏里奧：我像這種人？

茂丘西奧：好啦，好啦！你那急脾氣，

在此義大利，無人能比你；

刺激便生氣，生氣便亂動。

班伏里奧：然後會怎樣？

茂丘西奧：不！若有如此人，不久兩不存，

因為兩個人，都欲殺對方。

你！你會因為人，比你多鬍鬚，

或是少鬍鬚，而跟人吵嚷。

因為剝栗子，你會無緣故，

跟人來吵架，僅因你有栗色眼。

唯有這眼睛，能辨此吵嚷？

你頭樂爭吵，如蛋裝滿肉，

然你頭被打，如蛋被擊壞，

你會因為人，在街咳聲嗽，

而跟他吵架，因為他咳醒，

日下睡覺狗。不是你曾經，

復活節前夕，因見一裁縫，

穿其新背心，跟其鬧糾紛？

記得有一次，因人用舊帶，

繫他新鞋子，而跟其吵鬧？

然你卻教我，莫跟人吵架！

班伏里奧：若我像你樣，那麼愛吵架，

一時半刻內，誰人微出錢，

就買我性命。

茂丘西奧：微出錢！噢，太廉價！

班伏里奧：以我頭起誓！卡帕萊特人來了。

茂丘西奧：以我腳起誓！我可不在乎。

（提伯爾特及餘人等上。）

提伯爾特：緊緊跟著我，因我要與其說話。

兩位晚上好！你們兩人間，哪人可說話。

茂丘西奧：僅僅一話語，對咱中一人，

加點別的吧。除了說話外，可以再較量。

提伯爾特：先生，若你給理由，

你會發現我，時刻準備著。

茂丘西奧：理由就在此，何必要給呢？

提伯爾特：茂丘西奧，你交羅密歐———

茂丘西奧：結交！怎麼！你當我們是，

吟遊詩人嗎？你把咱當作，

吟遊詩人了，聽來沒什麼，

僅是敵意聲；這我亂彈琴，

將叫你跳舞。咄！結交！

班伏里奧：公眾場說此，到處人來往，

要麼咱撤離，偏僻地方談；

冷靜去理論，抒發你不滿，

要麼各離開，所有眼盯咱。

茂丘西奧：人生眼睛總要看，讓其瞧去吧；

我可不讓步，僅因別人不高興。

（羅密歐上。）

提伯爾特：好啦，我不跟你吵，我要找的人來了。

茂丘西奧：若他穿你衣，我可被吊死。

倒是決鬥場，他定緊隨你，

你的崇拜者，會叫其勇士。

提伯爾特：羅密歐，我對你仇恨，沒有更好名，

比這更確切，你是一惡賊！

羅密歐：提伯爾特，對此一挑釁，

激人至憤怒，因我有理由，

不得不愛你，不願做計較。

我不是惡賊；因此再見了，

我看你暫時，不知我何人。

提伯爾特：小子，對於那傷害，

這不是託辭，你已傷了我，

因此轉過身，拔出你劍來。

羅密歐：對此我抗議，從沒傷過你，

比你所能想，我要更愛你，

除非你知道，我愛你理由。

因此，好卡帕萊特，我尊重此姓氏，

就像尊重我姓氏，咱們還是講和吧。

茂丘西奧：好鎮定，好丟臉，可恥的屈服！

只有手中劍，可洗此恥辱。

（拔劍）提伯爾特，

你這捉鼠貓，你敢出去嗎？

提伯爾特：你要跟我做什麼？

茂丘西奧：你這好貓精，雖你九條命，

冒昧我取一，留下另八條，

來世你來報。從你那劍鞘，

拔出你的劍，請你快一點，

以免我的劍，在你拔出前，

就到你耳邊。

提伯爾特：（拔劍）願意奉陪你。

羅密歐：好茂丘西奧，收起你的劍。

茂丘西奧：來，先生，出腳往前刺。（二人互鬥。）

羅密歐：班伏里奧，拔出你劍來，

打下其武器。紳士們，別丟臉，

忍住這憤怒！提伯爾特，

茂丘西奧，親王已明令，

維羅納街道，禁止私鬥毆。

住手，提伯爾特！好茂丘西奧！

（提伯爾特及其黨徒下。）

茂丘西奧：我被刺中了。都是你兩家，

闖下這災禍！我已快完啦。

不帶一點傷，他就走了嗎？

班伏里奧：啊！你被刺中了？

茂丘西奧：嗯，嗯，一抓痕，一抓痕，

但也夠難受。我的侍童呢？

你這壞傢伙，快找醫生來。（侍童下。）

羅密歐：勇敢點，兄弟；這傷不算很嚴重。

茂丘西奧：是的，它沒水井那麼深，

也沒寺門那麼寬，但已夠我受，

已經難伺候；明天來找我，

到我墳墓來。我是急性子，

為此我辯解，都是你兩家，

造成此災禍！咄！狗、耗子、老鼠、貓，

都會咬死人！

吹牛者、流氓、惡棍，
就連打起架，也照數學書！
誰叫你惡魔，把身插進來？
都是你拉我，我才受了傷。
羅密歐： 我全是出於好意。
茂丘西奧： 班伏里奧，把我扶進屋子去，
不然我就要暈倒。 都是你兩家，
造成此災禍！他們已使我，
成為蠕蟲肉，我已嘗過了，
實在太厲害——都怪你兩家！
（茂丘西奧、班伏里奧同下。）
羅密歐： 這位好紳士，親王近親戚，
也是我好友；為了我利益，
受到致命傷。 提伯爾特那誹謗，
玷汙我名譽，一小時以前，
他是我親戚。 啊，親愛茱麗葉！
你的那美麗，使我變懦弱，
柔化我脾氣，鈍我鋼鐵勇！
（班伏里奧重上。）
班伏里奧： 啊，羅密歐，羅密歐！

勇敢的茂丘西奧死了；

他的英勇魂，已升上雲端，

鄙視這世間，過早離開此！

羅密歐：今日凶殘運，影響多時日，

這僅始悲哀，其他須了結。

班伏里奧：這裡又重來，暴怒提伯爾特。

羅密歐：耀武揚威他活著！茂丘西奧被殺死，

離開人世去天堂，拋棄一切我顧忌，

讓眼噴出火焰怒，現在引導我作為！

（提伯爾特重上。）

現在，提伯爾特，剛才你罵我惡賊，

我要你把它收回；茂丘西奧那陰魂，

在咱頭上不遠處，等你和他做伴侶；

要麼你，要麼我，或者我們兩個人，

需要同他一塊去。

提伯爾特：該死的傢伙，既你曾陪他，

因此，現你也陪他！

羅密歐：讓劍來說話，決定這一切。

（二人決鬥；提伯爾特倒下。）

班伏里奧：羅密歐，快離去！市民已經圍過來，提伯爾特被殺死。莫站這裡發愣啦；

要是你被捉住了，親王將判你死罪。

快去，離開這裡！

羅密歐：唉！我是命運捉弄人。

班伏里奧：為何你還留在此？（羅密歐下。）

（市民等上。）

市民甲：殺死茂丘西奧人，向哪逃去了？

提伯爾特，那兇手，他向哪逃去？

班伏里奧：提伯爾特躺在那。

市民甲：起來，先生，請你跟我去。

我用親王名，命令你服從。

（親王率侍從；蒙特鳩夫婦、卡帕萊特夫婦及餘人等上。）

親 王：這一場爭吵，卑鄙肇事者，其在哪裡呢？

班伏里奧：啊，尊貴的親王！我可稟一切，

造成此不幸，這場致命吵。

在於那躺人，他被羅密歐，

已經殺死了，其把您親戚，

勇敢茂丘西奧殺死啦。

卡帕萊特夫人：提伯爾特，我的侄兒呀！我哥的孩子！

殿下啊！侄兒啊！丈夫啊！那血在流淌，

我親愛的侄兒！殿下，您是正直的，

因咱家族血，應用蒙特鳩，其血來報償。

侄兒啊！侄兒啊！

親 王： 班伏里奧，誰先開始這血鬥？

班伏里奧： 這兒被殺提伯爾特，死於羅密歐之手。

誠懇告他羅密歐，叫他三思而後行，

有何好處這爭吵，且提威嚴您禁令。

他用溫和那語調、卑躬屈膝那態度，

鄭重其事述一切，不與提伯爾特鬥，

但提怨恨無拘束，難於休戰得和睦。

其持鋒利那寶劍，向勇敢茂丘西奧，

那胸膛刺了過去；茂丘西奧也動怒，

兩人針尖對麥芒，身懷武藝生鄙視，

一手擋開致命擊，一手還刺提伯爾特，

提伯爾特機敏閃，接著一劍反擊來。

高聲喊道羅密歐：「住手，朋友，分開！」

比他舌頭更迅捷，靈活敏捷他腕臂，

已經打下其利劍，他身衝到兩人間；

誰料心毒提伯爾特，從羅密歐手臂下，

冷不防一劍刺去，刺中勇敢茂丘西奧，

然後抽身便逃走。 但過一會又回來，

找到生氣羅密歐，其正欲尋他復仇，

便如閃電打起來，在我拔劍阻止前，

勇猛那提伯爾特，已經中劍被殺死，

羅密歐見他倒下，也就轉身逃走了。

我說句句是真話，倘有虛言願受死。

卡帕萊特夫人： 他是蒙特鳩親戚，他徇私情說假話，

他說一切不真實。 他們二十多個人，

參加慘烈這爭鬥，如此眾多二十人，

共同謀害一人命。 請殿下主持公道，

羅密歐殺死提伯爾特，羅密歐，須償命。

親 王： 羅密歐殺了他，他殺了茂丘西奧；

茂丘西奧血代價，現應由誰償？

蒙特鳩： 殿下，不應償命羅密歐；

他是茂丘西奧友，他的過失不過是：

執行那死刑，提伯爾特應處罰。

親 王： 為了那觸犯，現在我宣布，

即刻放逐他。你們雙方仇，

已經牽涉我，殘暴你鬥毆，

已流我親血；可我要給你，

重重一懲罰，儆戒你兩家，

懺悔你罪過。懇求和申辯，

一概我不聽，任何哭祈禱，

不能改我心，因此莫徒勞，

快讓羅密歐，即刻出境去；

否則，何時被找到，何時其末日。

遵照我命令，抬走這屍體；

對凶莫心慈，莫恕那殺戮。

（同下。）

第二場 卡帕萊特家的花園

（茱麗葉上。）

茱麗葉：時間快奔走，你馬快步走，

奔過太陽神，費伯斯[①]寓所；

如此馬車夫，若遇法厄同[②]，

定鞭你向西，讓那黑夜空，

趕快降臨吧！展落你帷幕，

上演愛之夜！讓那逃亡徒，

閉上其眼睛，讓那羅密歐，

投入我懷抱，不語也不看！

唯見戀人們，以其美顏貌，

做其繾綣事；如若愛眼盲，
正與夜相符。 來吧溫文夜，
素服你主婦，全身著黑衣，
教我如何敗，一場全勝賽，
無瑕處女身，如何成雙對。
用你黑罩巾，遮我無夫血，
少浮我臉蛋，直到奇妙愛，
慢慢變膽大，心想真心愛，
穩重簡單行。來吧，黑夜！
來吧，羅密歐！來吧，今天你黑夜，
因你將躺在，黑夜那羽翼，
烏鴉脊背雪，不比你潔白。
來吧，柔和夜！來吧，可愛黑顏夜，
給我羅密歐！等他死以後，
再把他帶去，散其成星辰，
他將使天堂，如此美麗臉，
所有這世界，沉浸此愛夜，
從此不崇拜，眩目那太陽。
啊！我已經買下，愛情那華廈，
但尚未占有，雖我把己賣，

然還未享受。如此單調日，

正像一小孩，在那節前夜，

焦急等待著，天明穿新衣。

啊！我的奶媽來了。

她帶消息來，誰舌能講述，

羅密歐名字，將透天堂雄辯辭。

（乳媼攜繩上）奶媽，什麼消息？你帶啥回來？

繩子，就是羅密歐，叫你所帶物？

① 費伯斯：太陽神阿波羅之別名。

② 法厄同：希臘神話中，赫利俄斯和克呂墨涅的兒子。由於被人說成是私生子而感到受了嘲弄，於是向父親請求允許他駕馭天車遨遊天空一日，以證明赫利俄斯是他的父親。結果法厄同無法控制馬匹，在天空中畫下一道裂縫成為銀河後，又把車駛近地球，幾乎把地球燒毀。宙斯為了防止他釀成更大的災禍，擲出一道雷電將其擊死。

乳媼：是的，是的，是繩子。（將繩擲下。）

茱麗葉：唉！什麼事？為何你扭你的手？

乳媼：唉！這是啥日子！他死了，他死了，他死了！

我們完了，小姐，我們完了！黑暗一日子！

他去了，他被殺死啦，他死了！

茱麗葉：上天為何要嫉妒？

乳媼：雖然天不能，羅密歐卻能。

啊！羅密歐，羅密歐！

誰曾會想得，會有這種事？羅密歐！

茱麗葉：你是什麼魔，如此折磨我？

轟頂這折磨，緣似地獄刑。

是否羅密歐，殺死他自己？

你僅說「是」字，僅那一「是」字，

就比眼鏡蛇，還要更惡毒。

若真有此事，我不活人世，

或閉那眼睛，讓你回答「是」。

若他被殺死，你就說聲「是」；

若是他沒死，你就說聲「不」；

這兩簡單字，決定我禍福。

乳 媼：我見他傷口，親眼我所見，

上帝可見證！在他闊胸膛。

可憐一屍體，血淋一屍體，

蒼白如骨灰，滿身皆是血，

滿身皆血塊；一見我便暈。

茱麗葉：啊，碎吧我的心！

可憐破產者，立刻破碎吧！

監禁你眼睛，再不見自由！

辭掉惡泥土，停止你運行，

你與羅密歐，同眠一棺材！

乳 媼：啊！提伯爾特，提伯爾特！最好我朋友！

啊，謙恭提伯爾特，正直好紳士！

我尚還活著，卻見你死去！

茱麗葉：這是何風暴，吹得這反覆？

羅密歐被害，提伯爾特又死掉？

我最親愛的表哥，我最親愛的夫君？

可怕那號角，宣布末日來臨吧！

若此兩人都死去，誰願活在這世上？

乳 媼：提伯爾特死了，羅密歐被放逐了；

羅密歐殺了提伯爾特，他被放逐了。

茱麗葉：啊，上帝！羅密歐的手，

刺出了提伯爾特血？

乳 媼：是的，是的；那天好悲慘！是的。

茱麗葉：啊，蛇蠍那心腸，藏匿花面孔！

如此美洞府，卻住一惡龍？

美麗那暴君！天使般魔鬼！

披鴿白羽鴉！披著羊皮狼！

聖潔那外表，暗藏醜惡質！

光鮮你外表，恰與外相反，

可惡一聖徒，莊嚴一壞蛋！
啊，造物主！你做啥勾當，
為何從地獄，提出此魔靈，
安此美肉身，天堂美品性？
你看哪書籍，裝訂這美觀，
卻裝邪惡質？啊！華美這宮殿，
竟住欺騙者！
乳 媼： 男人不可信，沒有啥忠實，
沒有啥真心；都發偽誓言，
都是背誓人，沒有好東西，
都是偽君子。 啊！我的人呢？
給我倒點酒；這些傷心事，
這些心悲痛，使我人變老。
願那恥辱事，降臨羅密歐！
茱麗葉： 願你舌起疱，說出此願望！
他生無恥辱，在他眉宇上，
從沒羞恥居；那是一寶座，
加冕王榮譽，地球萬事物，
唯一一君王。 啊！我這辱罵他，
真是一畜生！

乳 媼： 殺死你的表兄人，你還為他說好話？

茱麗葉： 他是我丈夫，我應說他壞話嗎？

啊！可憐我丈夫！何舌能平你名字？

三個小時你妻子，我且如此貶損你。

但是，你這惡人，為何殺死我表哥？

他若不殺我表哥，身懷敵意我表哥，

就會殺死我丈夫。 回去吧，愚蠢淚，

流回你的泉源處；專屬悲傷你淚滴，

你卻錯誤呈喜悅。 我的丈夫還活著，

提伯爾特想殺他；提伯爾特卻死了，

他想殺死我丈夫！所有一切是喜訊，

為何我還哭泣呢？比起提伯爾特死，

那三個字更痛心，那似利刃欲殺我；

但願我忘此一切，但是其牢抓我心，

就像犯罪可惡行，縈繞罪人心腦際。

「提伯爾特死去了，羅密歐被放逐了！」

那個「被放逐」！那「被放逐」三個字，

就如殺死了，一萬個提伯爾特。

單是提伯爾特死，如若那已是終點，

已夠令人傷心了；或若悲傷不單行，

需與他痛共同行。 為何不接上，

當說提伯爾特死，你的父親或母親，不，

或是兩人都死了，許會引起人哀悼？

但接如此一噩耗，提伯爾特死之後，

「羅密歐被放逐了！」這就等於說，

父親、母親、提伯爾特、羅密歐、

茱麗葉，所有都被殺，所有都死了。

「羅密歐被放逐了！」那還沒結束，

沒極限、沒尺寸、也沒邊界，

除了死亡詞，沒詞可表那悲傷。

奶媽，我父親，我母親，在哪呢？

乳 媼： 他們正撫著，提伯爾特屍體哭。

你要去看他們嗎？我帶你去吧。

茱麗葉： 讓其用眼淚，洗滌其傷口，

我的這眼淚，要為羅密歐，

放逐而哀哭。 拾起那繩子。

可憐的繩子，你被欺騙了，

你我都被騙，因為羅密歐，

已經被放逐；他原想借你，

到達我床鋪，完成新婚禮，

但我一貞女，處女寡婦死。

過來，繩子；過來，奶媽。

我要睡上我新床，不是羅密歐，

而是那死亡，取走我童貞！

乳 媼： 快到你房裡；我將去找羅密歐，

讓其安慰你，我知他在何地方。

聽著，你的羅密歐，今晚將到來，

我將去找他；勞倫斯神父那寺院，

他就躲在那。

茱麗葉： 啊！快去找到他；給他這指環，

忠心我騎士，叫他到這來，

最後做訣別。

（各下。）

第三場 勞倫斯神父的寺院

（勞倫斯神父上。）

勞倫斯： 出來吧，羅密歐，出來吧；

你這受驚人，苦難迷戀你，

你與災難結下緣。

（羅密歐上。）

羅密歐： 神父，什麼消息？親王何判決？

最近我手邊，何種悲傷欲找我，

然而我卻不知道？

勞倫斯：我的好孩子，你與辛酸常相伴。

我給你帶來，親王判決訊。

羅密歐：親王那判決，死罪定難逃？

勞倫斯：從他那唇邊，散出好裁決：

不是身死罪，而是身放逐。

羅密歐：哈！放逐！慈悲點，說「死」吧！

因在其看來，放逐更可怕，

比死還可怕，不要說「放逐」。

勞倫斯：因你被放逐，從此離開維羅納。

不要心懊惱，因為世界廣而闊。

羅密歐：除了維羅納，沒有別世界，

只有地獄罪，磨難和折磨；

因此從這那放逐，就是世界那放逐，

世界放逐是死亡，放逐是死那誤稱，

把死說成是放逐，似你用一黃金斧，

砍下我的頭顱來，卻對殺我斧頭笑。

勞倫斯：啊，致命的罪過！啊，粗野無感恩！

據你所犯錯，按法當處死，

幸虧王仁慈，特別照顧你，

避開那法律，把你致死罪，

改成了放逐；這是大恩典，

而你卻不知。

羅密歐：這是一酷刑，不是何恩典。

這兒即天堂；茱麗葉居住，

每一貓和狗，小小一老鼠，

每一微小物，活在此天堂，

可以觀看她，可是羅密歐，

卻不能見她，以一合法身，

光榮享盛況。相比羅密歐，

汙穢那蒼蠅，其可此求愛，

玉手茱麗葉，驚奇其可碰，

從她嘴唇上，偷取神祝福，

其那純潔唇，貞潔嬌羞態，

當想親吻罪，臉色仍羞愧。

但是羅密歐，不能這樣做，

他已被流放，蒼蠅可如此，

但我羅密歐，必須逃離此，

牠們自由身，我卻被放逐。

難道你還說，放逐不是死？

你沒配毒藥，或備鋒利刀，

突然致命死，無須再徒勞，

而要用「放逐」，把我殺死嗎？

放逐！神父啊！地獄那判詞，

伴著淒厲號，卑鄙你用此；

作為一教士，你安什麼心？

靈魂懺悔者，罪惡赦免者，

聲稱我朋友，怎忍用「放逐」，

傾軋我的心？

勞倫斯：痴情瘋癲人，聽我說句話。

羅密歐：啊！你將對我說，還是那放逐。

勞倫斯：我將教給你，抵禦那詞法，

逆境甜甘乳，哲學安慰你，

雖然你被放逐了。

羅密歐：又是那「放逐」！吊死哲學家！

除非哲學家，能造茱麗葉，

移去一城市，顛覆王判決，

否則其無助，不能奏何效。

別再多說了。

勞倫斯：噢！那麼我看見，瘋人不生耳。

羅密歐：當那智者不生眼，瘋人何必生耳朵？

勞倫斯：讓咱來討論，現在你處境。

羅密歐：你能不去談論那，你沒親身經歷事，

你若在我這年紀，茱麗葉，你所愛，

僅僅結婚一小時，就把提伯爾特殺；

若你如我深熱戀，像我一樣被放逐，

那時你才可講話，那時你會像我樣，

倒在地上抓頭髮，為己量一葬身墓。（內叩門聲。）

勞倫斯：快起來，有人在敲門；

好羅密歐，快躲起來。

羅密歐：我不要躲，除非那氣息，

心痛呻吟聲，像雲籠罩我，

掩過追尋眼。（叩門聲。）

勞倫斯：聽！其敲那麼響！———是誰在外面？

———羅密歐，快起來，你會被其給捉住。

———等一等！———站起來；（叩門聲）

跑我書齋去。———就來了！

———上帝啊！這是啥愚痴！———來了，來了！（叩門聲）

誰敲門，這麼響？你從哪裡來？你想做什麼？

乳 媼：（在內）讓我進來吧，你將知道我來意；

茱麗葉小姐，我從她那來。

勞倫斯：那麼歡迎你！

（乳媼上。）

乳 媼：啊，神父！啊，告訴我，神父，

我家姑爺呢？羅密歐在哪呢？

勞倫斯：坐在那邊地上呢，用其眼淚當酒喝。

乳 媼：啊！他如我家小姐樣，就如她一樣！

勞倫斯：唉！糟糕困窘境，令人同情呀！

如她躺在地，哽咽又哭泣，

哭泣又哽咽。起來，起來；

若是男子漢，就該站起來；

為了茱麗葉，為了她緣故，

站起身子來。為何這傷心，

如喪考妣呢？

羅密歐：奶媽！

乳 媼：唉，姑爺！唉，姑爺！死了一切便完了。

羅密歐：說起茱麗葉？她現怎麼樣？

是否她認為，我是一凶犯，

現我已經用，自小養育她，

她那近親血，玷汙童結髮，

我們新歡悅，她在何地方？

現她怎麼樣？我這祕新婦，

對咱斷情緣，說了什麼話？

乳 媼： 啊，她沒說何話，姑爺，只是哭呀哭，

現她倒在床，然後又起來；

叫一聲提伯爾特，後又喊一聲羅密歐；

然後再次倒下去。

羅密歐： 似乎那名字，從一致命槍，

射出子彈來，把她射殺死，

如我該死手，殺死她親戚。

啊！告訴我，神父，告訴我，

我的那名字，藏在我身上，

哪一萬惡地？告訴我，

好讓我搗毀，可恨那巢穴。（拔劍。）

勞倫斯： 停住你的魯莽手！你還是個男子漢？

你的形狀說你是，然你眼淚似婆娘；

野蠻舉動暗示你，不可理喻怒野獸。

不夠體面婦人行，存一堂堂體面士，

不合時宜畜生行，卻藏七尺男子軀，

你行出乎我意料，以我神聖神諭旨，
你應緩和你性情，你已殺死提伯爾特，
還要殺死你自己？用此薄情寡義行，
懷恨對待你自己，就如殺死你妻兒，
事情已經至此地，為何要怨你出生，
為何怨天又怨地，天地與你三匯合，
你才降生到人間，為何你要輕自身，呸！
呸！徒有一身你皮囊，兼有愛心和智慧，
像一高利放貸者，在那真實需用處，
藏匿所有不捨用，用你愛心和智慧，
精心裝飾你形貌。堂堂高貴你儀表，
僅是一尊蠟雕像，脫離勇敢男子氣；
至親至愛你誓言，僅是空虛一偽誓，
殺你發誓珍愛人；飾你形愛那智慧，
因你此行變殘缺，正像一個笨兵士，
因你自身那無知，不懂怎點火藥槍，
用自武器毀肢體。怎麼！起來，孩子！
茱麗葉，還活著，為了親愛她緣故，
幾乎你要去尋死，這是你的首幸事。
提伯爾特要殺你，但你卻把他殺死，

這是你的二幸事。法律本來欲殺你，

但它卻成你朋友，將此減成放逐罪，

這是你的三幸事。眾多幸事關照你，

穿其盛裝獻媚你，你卻像個失禮女，

向你命運和愛情，悶悶不樂噘嘴唇。

留心，留心，如此不知足，不會得好死。

快去見見你愛人，按照預定那計劃，

登上她的房間去，為了此事安慰她；

但在巡丁沒出發，你須及早離開那，

否則難到曼多亞。你可暫住曼多亞，

等我覷著一時機，宣布你們這婚姻，

和解你們親朋友，請求親王給赦免，

那時給你千萬喜，勝過離別此痛楚，

把你從那招回來。奶媽，你先回去，

替我向小姐致意；叫她設法去催促，

所有家人早安睡，遭此重大悲傷後，

此法易辦到。對她說，羅密歐就來。

乳 媼：主啊！能聽如此好教訓，我願在此待一夜；

啊！多有學問呀！姑爺，我去告訴小姐，

說您就來了。

羅密歐： 好的，請叫我愛人，備好一頓罵。

乳 媼： 姑爺，給您一戒指，她叫我給您，

請您趕快去，天已很晚了。（下。）

羅密歐： 對此我重獲，莫大一安慰！

勞倫斯： 去吧，晚安！事關你性命，

要麼你離開，免過巡丁查，

要麼黎明時，化裝逃離此，

旅居曼多亞。我會找你僕，

倘這有什麼，於你好消息，

我會找機會，隨時通知你。

給我你的手。時候不早了，再會吧！

羅密歐： 倘非喜外喜，連續招呼我，

與你此分離，將是多痛苦。

再會！

（各下。）

第四場 卡帕萊特家中一室

（卡帕萊特、卡帕萊特夫人及帕里斯上。）

卡帕萊特： 伯爵，不幸遭此變，尚沒來得及，

開導我女兒；您知她愛其表兄，

提伯爾特那麼深，我也非常喜歡他；唉！

我們生來有一死，今夜時間已很晚，

她將不會再下來；說句實在話，

倘非陪伴您，我已睡覺一小時。

帕里斯： 在此傷心時，沒時供求婚。

晚安，伯母；替我向令嫒致意。

卡帕萊特夫人： 好，明天一大早，我去探聽她意思；

今夜懷著滿悲哀，她已早早睡下了。

卡帕萊特： 帕里斯伯爵，

以我女兒那愛情，我做冒險一嘗試，

我想不論何方面，她會服從我意志；

莫再猶豫了，這點確無疑。

夫人，在你臨睡前，

你先看看她，把這求愛事，

帕里斯愛意，告訴她知道；

你再對她說，聽好我的話，

叫她星期三——且慢！今天星期幾？

帕里斯： 星期一，伯父。

卡帕萊特： 星期一！哈哈！好，星期三，快了點，

那就星期四。對她說，在這星期四，

她就要嫁給，尊貴這伯爵。

您備好了嗎？喜此匆促嗎？

咱沒多煩擾，僅請幾親友；

因提伯爾特，被殺才不久，

作為其親戚，若咱歡太過，

人家會認為，咱對他無情。

因此只邀請，五六個親友，

舉行個儀式，一切就妥當。

但是星期四，您說怎麼樣？

帕里斯：伯父，我願星期四，就是明天啊！

卡帕萊特：好，你去吧；那就星期四。

夫人，在你睡覺前，看下茱麗葉，

叫她準備好，為這新婚日。

再見，伯爵。喂！照我去房間，

以前咱叫太晚了，

現在咱說太早了！晚安！

（各下。）

第五場 茱麗葉的臥室

（羅密歐及茱麗葉上。）

茱麗葉：你就要走嗎？天還沒亮呢。

刺進你耳膜，驚恐迴蕩聲，

不是雲雀聲，而是夜鶯聲；

每晚它歌唱，那邊石榴樹。

相信我，愛人，那是夜鶯聲。

羅密歐： 那是雲雀聲，傳報清晨使，

不是夜鶯聲。愛人，你瞧遠東方，

妒忌那晨曦，已鑲雲金線，

夜晚星燭光，已經燃燒完，

歡快晝躡足，踏上迷霧山。

我若欲活著，必須離開此，

或者留在此，束手以待斃。

茱麗葉： 那邊光明非晨曦，我知道；我，

那是太陽吐出來，一些明流星，

要在今夜當火炬，照亮你道路，

直到曼多亞。 因此再待一會兒，

不必急著去。

羅密歐： 讓我被捉住，讓我被處決；

只要你願意，我就很滿足。

我很願意說，那邊灰白雲，

不是黎明眼，只是辛西婭[1]，

蒼白眉反射；高高咱頭上，

響徹天穹頂，鳥兒那音樂，

也非雲雀聲。比起離開此，

更願留下來。來吧，死神，

歡迎你！茱麗葉，願如此。

怎麼啦，我靈魂？

讓咱接著聊；天還沒亮呢。

① 辛西婭：月亮女神黛安娜的別名。

茱麗葉：天已亮明了，天已亮明了；

快走，快離去！在外扯嗓子，

不快尖叫聲，奏此噪音樂，

正是雲雀聲。有人說雲雀，

甜蜜一歌者，這話乃胡說，

它使咱分離；有人說雲雀，

曾和醜蟾蜍，交換其眼睛，

啊！現我願牠們，也換其聲音，

因其那聲音，使得咱吵架，

讓你離我懷，獲此白晝光，

催你離開此，啊！趕快離開此，

現在天變得，越來越亮了。

羅密歐：天越來越亮，我的悲哀心，越來越黯淡。

（乳媼上。）

乳 媼：小姐！

茱麗葉：奶媽？

乳 媼：你母親來了，要到你房裡。

天已經亮啦，小心行事喔。（下。）

茱麗葉：那麼窗子啊，讓晝照進來，讓生命出去。

羅密歐：再會，再會！給我一個吻，

我這就下去。（由窗口下降。）

茱麗葉：你就這樣走了嗎？愛人，夫君，朋友！

每天每時刻，我須收你信，

因為每分鐘，就是許多天。

啊！照此計算來，等我再看見，

我的羅密歐，我要多少年。

羅密歐：再會！我絕不放棄，任何一機會，

愛人，我將會向你，傳達我祝福。

茱麗葉：啊！可是我們倆，還會再見嗎？

羅密歐：無疑會再見；所有這傷悲，

對於咱將來，便是甜談資。

茱麗葉：上帝啊！我有不祥一預感；

我想我見你，你現在低處，

就如一屍骸，在那墳墓底。

或是我眼花，或你臉蒼白。

羅密歐：相信我，愛人，你在我眼中，

也是這樣子；憂傷吸乾咱血液。

再會！再會！（下。）

茱麗葉：命運啊命運！人人都說你無常；

如若真的你無常，你用何待他，

用你忠貞名聲嗎？無常吧，命運！

因我倒希望，你莫留他太長久，

而是早早遣他回。

卡帕萊特夫人：（在內）喂，女兒！你起來了嗎？

茱麗葉：誰在那叫我？這是我母親？

她是這麼晚，還沒睡覺呢，

還是這麼早，就起床了呢？

什麼特別由，使她到這來？

（卡帕萊特夫人上。）

卡帕萊特夫人：啊！怎麼啦，茱麗葉！

茱麗葉：媽媽，我不太舒服。

卡帕萊特夫人：為你表兄死，始終在悲傷？

什麼！你想從墳墓，用淚沖出他？

即便能沖出，你也沒法子，

使他復活呀；因此算了吧。

適當現悲哀，示你愛深切，

但過度傷心，證你乏智慧。

茱麗葉： 為此痛損失，讓我流淚吧。

卡帕萊特夫人： 深感此損失，但你此痛苦，絕非真情誼。

茱麗葉： 深感此損失，我不能左右，唯有用淚表情誼。

卡帕萊特夫人： 好，孩子，對於他的死，不必多哭泣；

只是殺他那惡人，現在還活著。

茱麗葉： 什麼惡人，媽媽？

卡帕萊特夫人： 就是惡人羅密歐。

茱麗葉： （旁白）惡人距他千萬里。

上帝饒恕他；我願全心饒恕他；

可是沒有一個人，像他使我滿悲傷。

卡帕萊特夫人： 那是因為這兇手，現在還活著。

茱麗葉： 是的，媽媽，恨不親手抓住他，

為我表兄死，我願親自報此仇！

卡帕萊特夫人： 我們定為他報仇，你就放心吧；

別再哭了啊！我將派一人，

前往曼多亞，那個逃亡者，

現在那兒住，給他似如此，
一瓶奇毒藥，讓他一會兒，
就去陪提伯爾特；
我想到那時，你心定滿足。
茱麗葉： 真的，我心絕不會，感到何滿足，
除非羅密歐，就在我面前———死去；
我這可憐心，為一親人疼！
媽媽，若您能找到，願帶藥去人，
我願調好它，好叫羅密歐，
服下它以後，悄然便睡去。
唉！一聽他名字，我心太憤恨，
恨不抓住他，親手殺死他，
發洩我的愛，我對表兄愛！
卡帕萊特夫人： 你去想辦法，我去找此人。
可是，孩子，現我告訴你，
歡喜好消息。
茱麗葉： 在此乏歡時，來點歡樂好。
請問媽媽您，是何好消息？
卡帕萊特夫人： 哈哈，我的孩子，你有一個體貼父；
他為排解你愁悶，為你選定驚喜日，

不但你難想得到，就連我也沒想到。

茱麗葉：媽媽，快樂好時光，那是什麼呀？

卡帕萊特夫人：哈哈，我的孩子，星期四早上，

風流那少年，尊貴那紳士，

帕里斯伯爵，要在聖彼得教堂，

幸福迎娶你，做他樂新娘。

茱麗葉：就以聖彼得教堂，彼得名字我起誓，

我絕不會答應他，娶我做他樂新娘。

我想對此重大事，須得讓人來求婚，

才能成婚做我夫，媽媽，請您告我父，

我現還不願出嫁；即便我想要出嫁，

我誓願嫁羅密歐，那人你知我憎恨，

也不願嫁帕里斯。真的是個好消息！

卡帕萊特夫人：你父親來啦；你自對他說，

看他會不會，站在你一邊。

（卡帕萊特及乳媼上。）

卡帕萊特：太陽西下時，天空飄細雨；

可是我侄兒，在天傾盆雨，

似日葬入土。女兒，怎麼啦！

滿面淚溝渠？怎麼！還在哭？

還在淚如雨？在這小身軀，
你淚載輕船，你淚似海洋，
你淚如風吹；因你眼淚水，
我可叫做海，以淚潮漲退；
你身是艘船，在此淚海航；
你息是海風；以淚怒喝斥，
因為有他們，時刻不平靜，
風潮澎湃你，拖垮你身體。
怎麼啦，妻子！咱們那決定，
你沒告訴她？
卡帕萊特夫人：我已告訴她！
但她不嫁人，並說謝謝你。
這個傻丫頭，還是死了好！
卡帕萊特：且慢！夫人，你講明白點，
你講明白點。怎麼！她不嫁人嗎？
她不感謝咱？她不感自豪？
她不覺幸福，不知其價值，
咱替她找到，如此貴紳士，
做她新郎官，她還不知足？
茱麗葉：不如你自豪，我心僅感謝；

你為我所做，乃我所憎恨，

我絕不自豪，那我所憎恨，

包含你們愛，我卻很感謝。

卡帕萊特：什麼！什麼！鬼邏輯！這是什麼話？

什麼「自豪」「不自豪」，「感謝」「不感謝」！

你這受寵賤丫頭，說要謝我沒謝意，

以我為豪沒自豪，只要備好你嫁衣，

星期四與帕里斯，彼得教堂去結婚；

否則我就要把你，裝進囚籠拖了去。

出去，你這惡心死丫頭，

出去，你這賤婦粉面頭！

卡帕萊特夫人：哎喲！哎喲！怎麼，你瘋了？

茱麗葉：好爸爸，我跪下來求求您，

耐心聽我說句話。

卡帕萊特：吊死你，小賤婦！不孝一畜生！

我可告訴你，星期四，到教堂，

否則莫再見我面。莫講莫應莫答我；

我的手指癢著呢。夫人，我們常嘆自福薄，

只許咱生這孩子；可是現在我才知，

如此一個已太多，我咒怎麼會有她，

怎麼生出這孽障，賤貨！

乳 媼： 上帝祝福她！老爺，

您是在責罵，不該這羞辱。

卡帕萊特： 為什麼不該！聰明我女士？

誰要你多嘴，小心你說話，

莫要插嘴瞎摻和，去你的！

乳 媼： 我說無冒犯。

卡帕萊特： 啊，好生待一邊。

乳 媼： 人家不能說句話？

卡帕萊特： 閉嘴，你這嘰咕蠢婆娘！

對一乒乓碗，講述你莊嚴，

這裡不需你教訓。

卡帕萊特夫人： 你的火氣太大了。

卡帕萊特： 上帝！把我氣瘋啦。

不論日與夜，獨處或陪伴，

我都在思索，將她許配誰，

現在好容易，紳士來上門，

年輕有領地，高尚滿教養，

正如人家說，完美好人選，

人人爭搶嫁，而這傻丫頭，

一個怨傀儡，放著送來福，
哭訴回答我，「我不想結婚」，
「我不懂戀愛」，「我還尚年幼」，
「請你原諒我」；好，你不想結婚，
我可原諒你，去尋你自由，
莫待這屋子，自己看著做，
好好想清楚，我不開玩笑。
週四就眼前；手摸己心窩。
聽勸我女兒，把你嫁我友；
拒勸非女兒，上吊或乞討，
挨餓死街頭，憑我魂起誓，
絕不再認你，不再是我女，
再不對你好，相信我所說，
好好想想吧；我說到做到。（下。）
茱麗葉：誰見我悲傷，陷此絕望境，
就沒何憐憫，冷眼做旁觀。
啊，親愛我媽媽！莫要拋棄我！
哪怕把親事，延期一個月，
或是一星期，也是挺好的；
若您不答應，把我新娘床，

安放暗淡碑，提伯爾特躺！

卡帕萊特夫人： 莫要對我說，因我沒話說。

隨你自決定，我也不管你。 （下。）

茱麗葉： 啊，上帝！啊，奶媽！

這事如何去避免？我的丈夫還在世，

我的誓言天已知，如何離開此人間，

才使我誓返人間？除非丈夫從天寄。

安慰安慰我，替我想想法。 唉！唉！

上天施用何計謀，捉弄如我弱女子！

對此你會說點啥？沒有一句快樂話？

奶媽，給我一點安慰吧！

乳 媼： 好，那你聽我說。 羅密歐，被放逐；

此世再無其他物，就連他也再不敢，

為此回來責問你，即使他真敢返回，

也需偷偷溜回來。 事情既然如這樣，

我想現在你最好，跟那伯爵結婚吧。

啊！他是可愛一紳士！羅密歐，相比他，

只能算作一抹布；小姐，雄鷹尚無此碧眼，

如此銳利漂亮眼，帕里斯，卻擁有。

說句該死違心話，我想你這第二婚，

要比先前第一個，更要幸福許多呢。

縱然不是好得多，比其雖生猶如死，

對你沒有何用處，不能與你這生活，

確實要好許多呢！

茱麗葉：這是從你心裡說出話？

乳 媼：不但從心裡，也從我靈魂；

倘若有虛假，與魂同下獄。

茱麗葉：阿門！

乳 媼：什麼！

茱麗葉：好，不可思議你建議，給我太多你安慰。

進去吧；告訴我母親，說我需要出去下，

因我觸怒我父親，要到勞倫斯寺院，

懺悔免除我罪過。

乳 媼：很好，我會告訴她；這是明智好辦法。（下。）

茱麗葉：咒你老不死！最為歹毒魔！

願我此背誓，加重我罪過。

曾經幾千次，誇獎我丈夫，

說比誰都好，現用同舌頭，

說盡他壞話！去吧，我顧問；

從今你和我，將是兩條心，

你非我心腹。 我去找神父，

看他補救法，一切若用盡，

我尚可尋死。

（下。）

第四幕

第一場 維羅納，勞倫斯神父的寺院

（勞倫斯神父及帕里斯上。）

勞倫斯： 在星期四嗎，伯爵？時間未免太倉促。

帕里斯： 我岳父卡帕萊特，希望儘早把婚完；

我無何緣由，減緩此倉促。

勞倫斯： 您說您還不知道，小姐那心思；

這非妥當事，我不喜歡它。

帕里斯： 提伯爾特死，令她太傷心，

因此我沒時，跟她談愛情，

因在哭啼屋，不笑維納斯。

現在她父親，擔心出意外；

為使她擺脫，如此悲痛楚，

才生此智慧，催咱早完婚，

以止那泛濫，成災她淚水。

當她獨處時，觸景易生情，

若是有伴侶，可替她排遣。

現在您知道，倉促結婚由。

勞倫斯：（旁白）我願不知道，為何須延遲。

瞧，伯爵，你說那小姐，正朝寺裡來。

（茱麗葉上。）

帕里斯：高興見到你，淑女我愛妻。

茱麗葉：也許吧！伯爵，等我成您妻，您再這樣叫。

帕里斯：愛人，也許變肯定，就在這週四。

茱麗葉：肯定尚未定。

勞倫斯：那是當然理。

帕里斯：你是來向神父懺悔嗎？

茱麗葉：回答那問題，我須向您懺悔了。

帕里斯：莫在他面前，否認你愛我。

茱麗葉：向您做坦白，我說我愛他。

帕里斯：我相信，你會承認的，就是你愛我。

茱麗葉：要是我承認，比在您面前，

會在您背後，承認更好些。

帕里斯：可憐的人兒！你臉已被淚損傷。

茱麗葉：淚僅小勝利；因我這臉蛋，

在淚損傷前，已經夠醜陋。

帕里斯： 你淚損傷臉，不如你話傷嚴重。

茱麗葉： 這不是損傷，伯爵，這是實在話，

我所說話語，對我自臉說。

帕里斯： 你臉是我的，你不該傷害它。

茱麗葉： 也許是您的，因它不屬我自己。

神父，您現有空嗎？

要不晚上彌撒時，我再來找您？

勞倫斯： 現我有空效勞你，憂愁的女兒。

伯爵，我們懇求單獨談。

帕里斯： 上帝保佑我，莫擾這祈禱。

茱麗葉，我來叫醒你，週四一清早；

我們且再見，留此神聖吻。 （下。）

茱麗葉： 啊！請把門關上！當你出去時。

讓我哭泣吧。 無望無救也無助！

勞倫斯： 啊，茱麗葉！我已知道你悲哀，

絞盡我腦汁，超出我的智範圍。

我看這情況，什麼也難阻此事，

就在這週四，須與伯爵去成婚。

茱麗葉： 神父，莫要告訴我，你已聽此事，

除非你能夠，教我怎避免；
要是你智慧，不能幫化解，
那你應認同，明智我決斷，
就用這把刀，立刻便解決。
我和羅密歐，上帝連兩心，
正是經你手，結合我們手；
要是我這手，締盟羅密歐，
由你所確認，再去和別人，
締結新盟約，或我忠貞心，
起了叛變心，轉向其他人，
那麼這把刀，兩者都割掉。
因此，神父，憑你多閱歷，
給我些建議；否則你瞧此，
當我走極端，血腥這把刀，
將做這裁定，公斷你能力；
在你職權內，再不給難題，
讓你做貢獻，帶來真榮譽。
莫再長說話，若你所講述，
沒有補救法，我願去赴死。
勞倫斯：住手，女兒；我已瞧見一希望，

需要冒險去嘗試，唯有冒險能避免。

若你不願去結婚，跟這帕里斯伯爵，

能立視死如歸心，那麼你定能做到，

與死相差無幾事，避免你的這恥辱；

對付死亡其本身，就可逃過此一切，

如若你敢去嘗試，我就給你這補救。

茱麗葉：啊！讓我跳出來，而非嫁給帕里斯，

無論任何高塔牆，我都願意跳下來；

或行盜賊出沒路，或走毒蛇潛伏路，

拴我與那咆哮熊；或夜藏我停屍所，

上蓋作響死人骨，焦黃顱骨霉臭腿，

或叫我進一新墳，躺匿死人裹屍布；

縱然聽了他們後，使我顫慄那事情，

若我可活見愛人，能做無瑕一妻子，

我都無慮無疑做。

勞倫斯：好，那麼放下你的刀；快快樂樂回家去，

答應嫁給帕里斯。明天就是星期三；

明晚你須單獨睡，別讓奶媽睡你房；

把此藥瓶帶回去，等你睡到床上後，

喝下提煉這液汁，立見所有你血脈，

寒氣逼人昏欲睡，接著脈搏就停止；
無熱無氣證你活；你唇你臉變蒼白；
你那眼簾便垂下，似死關閉命白天；
你身每處失柔軟，冰冷僵硬就如死；
在此如死狀態中，你將續時四十二，
後從一陣酣睡醒。當那新郎早晨來，
催你從床起身時，其會發現你已死，
後照咱們國規矩，給你穿起好壽衣，
你將忍受無蓋棺，與卡帕萊特祖先，
躺在同樣古老墳。在你將醒同時間，
我將寫信羅密歐，叫他立刻到此來；
我跟他，守著你，等你剛一醒過來，
當夜就叫羅密歐，帶你去到曼多亞。
只要你不臨時變，也沒婦人那擔憂，
一定可以使得你，避免眼前這恥辱。
茱麗葉：給我！給我！啊，莫要告我那害怕！
勞倫斯：拿著；回去吧，願你志堅強，
此事多順暢！我叫一弟兄，
快去曼多亞，帶著我的信，
去給你丈夫。

茱麗葉： 愛情啊，給我力量吧！此力將會搭救我。

再會，親愛的神父！

（各下。）

第二場 卡帕萊特家中廳堂

（卡帕萊特、卡帕萊特夫人、乳媼及眾僕上。）

卡帕萊特： 如這寫著的，許多客人被邀請。（僕甲下）來人，幫我去

雇二十個，技術精湛廚子來。

僕 乙： 老爺，您請放寬心，我定挑選出，

舔其手指那廚子。

卡帕萊特： 為何你要這檢測？

僕 乙： 呀，老爺，一個糟廚師，

不能舔其自手指，因此，

不能舔其手指者，不能跟我來。

卡帕萊特： 好，去吧。咱們這一次，太多沒準備。

什麼！我的女兒去哪裡，到勞倫斯神父院？

乳 媼： 是，是去那。

卡帕萊特： 好，也許他可以，給她些勸告；

乖僻自主張，一個浪蹄子！

乳 媼： 瞧她已經懺悔完，高高興興回來啦。

（茱麗葉上。）

卡帕萊特：怎麼樣，倔強我丫頭！你到何地浪蕩去？

茱麗葉：我知自己忤不孝，違您命令觸怒您，

特地前去悔罪過。現聽勞倫斯神父，

囑我跪此求寬恕。爸爸，請您寬恕我！

從今往以後，永遠我聽您的話。

卡帕萊特：去請伯爵來，告他這件事：

我將結此親，就在明早上。

茱麗葉：在勞倫斯寺院裡，我遇年輕這伯爵；

在不超過禮範圍，已向他示我愛情。

卡帕萊特：啊，我很高興寬恕你，這很好，站起來吧；

如此就對了。讓我去看這伯爵；

喂，去，我說快去請他來。

多謝上帝，尊敬這神父，

所有全城人，都應感戴他。

茱麗葉：奶媽，請你陪我去，到我房間裡，

幫我尋一些，必需衣服飾，

如你覺合適，明天可穿戴。

卡帕萊特夫人：不，沒到星期四，時間還足夠。

卡帕萊特：去，奶媽，陪她去。我們明天上教堂。

（茱麗葉及乳媼下。）

卡帕萊特夫人： 預備時間太短啦；天已快黑了。

卡帕萊特： 胡說！我現就動手，一切能備好，

夫人，我向你保證。 去找茱麗葉，

幫她打扮好；今晚我就不睡了，

讓我獨自為此事，做回家主婦，

什麼！嘿！一個都不在。 好，

讓我親自去，去見帕里斯伯爵，

叫他明天準備好。 因為任性這女兒，

現已悔過聽我話，我心驚詫好歡悅。

（各下。）

第三場 茱麗葉的臥室

（茱麗葉及乳媼上。）

茱麗葉： 那些衣服都很好。 可是，好奶媽，

今晚我求你，讓我獨自處，

因我需念多禱告，感動上天寬恕我，

這你很清楚，我行滿是罪。

（卡帕萊特夫人上。）

卡帕萊特夫人： 啊！你正忙著呀？要我幫你嗎？

茱麗葉： 不，媽媽！我已選好需用物，

所以請求您，為迎明天我喜事，

讓我獨自待會兒；今晚讓奶媽，

陪您不睡覺，因為我確信，

對此突然事，您手忙不停。

卡帕萊特夫人： 晚安！為你所需要，到你床上去休息。

（卡帕萊特夫人及乳媼下。）

茱麗葉： 再會！上帝知道咱，何時再相見。

我覺暈寒顫，穿透我血液，

生命那熱流，幾乎被凍結；

待我叫她們，回來安慰我。

奶媽！要她到這來幹嘛？

憂鬱我場景，我須獨自演。

來，藥瓶。 要是這藥水，

根本沒效用？那麼明早上，

我就要結婚？不，不，這應被阻止；

你躺那兒吧。（將匕首置枕邊）

若這是毒藥，神父假救助，

巧妙毒死我，以免這結婚，

讓他損名譽，因他前證婚，

我與羅密歐，我為此擔憂。

然我想不會，因他仍然是，
公認聖賢人。 大概不至於；
不該如此想，當我躺墳墓，
在我醒來前，要是羅密歐，
沒把我救出？那倒很恐怖！
那時在地下，可能被悶死。
因我這臭嘴，沒吸鮮空氣，
沒等羅密歐，到這來以前，
我已被悶死，或若還有氣，
夜晚死幻想，也是很恐怖，
陰森那地方，如一地下室，
千年古墓穴，那裡幾百年，
埋葬我祖先，堆積全是骨，
那裡血淋淋，提伯爾特躺，
入土剛變綠，在其裹屍布，
正在變腐爛；那裡人家說，
晚上那些時，鬼魂常出沒；
唉！唉！如若我不是，太早就醒來，
這些惡臭味，如拔曼陀羅[①]，
定叫人尖叫，使那活著物，

聽了發瘋跑；啊！要是我醒來，

環繞我周圍，都是嚇人物，

願我神不亂，不會瘋狂抓，

我祖屍骸骨，不把提伯爾特，

拖出其殮衾，在此瘋狂態，

不用祖宗骨，當作一棍子，

打我絕望頭，啊，瞧！我想我見到，

我的表兄魂，其追羅密歐，

報復他身體，受其一劍仇，

等一等，提伯爾特，

等一等！羅密歐，我來了！

我為你而喝此藥水！

（倒在幕內的床上。）

第四場 卡帕萊特家中廳堂

（卡帕萊特夫人及乳媼上。）

卡帕萊特夫人：停一下，奶媽，拿這鑰匙去，拿些香料來。

乳 媼：點心房裡在喊著，需要棗子和榲桲。

（卡帕萊特上。）

卡帕萊特：來，趕緊，趕緊，趕緊！

雞已叫過第二遍，宵禁鐘聲已敲過，

已經三點了。好安潔莉卡[2]，

看著烤肉餅，莫要怕花錢。

① 曼陀羅：產於地中海地區的一種有毒植物，其根曾被用作催眠劑、春藥等。

② 安潔莉卡：女子教名，源於拉丁文；這裡是卡帕萊特夫人的名字。

乳 媼：走開，此皆婦人事；走開，

讓您去睡覺，您若熬今夜，

明天又生病。

卡帕萊特：不，一點也不會！嘿，我曾整夜熬，

為些次要事，幾曾生過病？

卡帕萊特夫人：哎，在你年輕時，你是夜貓子，

但現我監督，你無機會熬。

（卡帕萊特夫人及乳媼下。）

卡帕萊特：一個醋罈子！一個醋罈子！

（三四僕人持炙叉、木柴及籃上。）

卡帕萊特：夥計，那是啥東西？

僕 甲：老爺，是給廚子物，我也不知是何物。

卡帕萊特：趕快，趕快。（僕甲下）老兄，

拿些乾柴來，你去問彼得，

他會告訴你，什麼地方有。

僕 乙：老爺，我自長眼睛，能找到乾柴，

不用為這事，而去煩彼得。（下。）

卡帕萊特：嘿，說得有道理，好個私生子！

哎喲！你這傻笨蛋，已經天亮了；

伯爵帶樂工，快到這裡啦，

因他這樣說，他會這樣做。（內樂聲）

我聽他來了。奶媽！妻子！

什麼，喂！什麼，奶媽呢？

（乳媼重上。）

卡帕萊特：快去叫醒茱麗葉，去幫她打扮；

我去接見帕里斯。嗨，快去，快去；

新郎已來了；我說快一點！

（各下。）

第五場 茱麗葉的臥室

（乳媼上。）

乳 媼：小姐！喂，小姐！茱麗葉！

睡熟了，抓住她，喂，小綿羊！

喂，小姐！哼，你這懶丫頭！

喂，親愛的！我叫你呢！小姐！

心肝！喂，新娘！怎麼！一聲也不吭？

你就去裝吧！睡你一星期；到今晚上，

我保證，帕里斯伯爵，將會攪得你，
難睡一會兒。上帝饒恕我，阿門，
她睡好熟啊！我須叫醒她。小姐！
小姐！小姐！好，我要讓伯爵，
到你床上來，他會嚇你跳起來，
真的，你不信？怎麼！衣服都穿好，
重又睡下去？我須叫醒你。小姐！
小姐！小姐！哎喲！哎喲！救命！
救命！我家小姐死了！自我出生來，
這是什麼天，喂，拿些酒精來！老爺！太太！
（卡帕萊特夫人上。）
卡帕萊特夫人：這是吵什麼？
乳媼：哎喲，哀傷的日子！
卡帕萊特夫人：什麼事？
乳媼：瞧，瞧！悲痛的一天！
卡帕萊特夫人：哎呀，哎呀！我的孩子呀，唯一我生命！
你醒醒！睜開眼！要不我也跟你死，
救命！救命！快去叫人來！
（卡帕萊特上。）
卡帕萊特：太丟臉啦！拖出茱麗葉，新郎已到啦。

乳 媼： 她死了，死了，她死了！哎喲，我的天哪！

卡帕萊特夫人： 哎呀，我的天哪！她死了，她死了，她死了！

卡帕萊特： 嘿！讓我瞧瞧她。出去，哎喲！

她身已冰涼；她血已凝固，

手腳都硬了；她的這嘴唇，

很久沒張開，已沒了氣息；

死像突然霜，降臨她身上，

讓此甜蜜花，在地便枯萎。

乳 媼： 哎喲，悲傷的一天！

卡帕萊特夫人： 哎喲，悲痛的日子！

卡帕萊特： 死神已經奪走她，因此使我心哀號，

鎖住我舌頭，不讓我說話。

（勞倫斯神父、帕里斯及樂工等上。）

勞倫斯： 來了嗎，是否新娘子，準備上教堂？

卡帕萊特： 已經準備要動身，但卻永遠不回來。

賢婿啊！在你新婚那前夜，

死神已殺你妻子。 她躺那兒，似花已被死神採。

死神是我新女婿，死神是我後嗣人，

他已娶走我女兒。 我死一切留給他；

生命生活歸死神！

帕里斯： 長久期盼今早面，給我竟是這光景？
卡帕萊特夫人： 討厭不幸天，卑鄙可恨日！
最為悲慘時，曾經我見過，
在其朝聖旅，持續多徒勞，
但是這一個，可憐的一個，
憐愛一孩兒，僅此一孩兒，
使我樂安慰，殘酷那死神，
從我眼前奪！
乳 媼： 傷心啊！痛苦啊！痛苦的、
痛苦的日子！最為痛苦天，
最為悲傷日，那我從來沒，
從來沒見過，天哪！天哪！天哪！
可恨一天哪！從沒見此黑暗天，
啊，悲痛的日子！啊，悲痛的日子！
帕里斯： 欺騙我、離棄我、刁難我，
欲殺我，最為可恨死，
被你所欺騙，透過殘酷你，
一切被顛覆。愛人啊！生命啊！
沒有你生命，唯有死愛人！
卡帕萊特： 鄙視、哀傷、憎恨、蒙難、殺害，令人不快時，為何你要來破壞？
破壞莊嚴咱儀式？孩了啊！孩子啊！
我的靈魂呢，你非我孩子，
你已死！哎呀！我的孩子已死去，
伴隨我孩兒，我的快樂被埋葬！
勞倫斯：靜下來！真慚愧！在此混亂態，
難使其復活。你們和上天，
欲分此美女；現天全擁有，
對於這貞女，這是她幸福，
你們欲分她，爾難避她死，
上天留她份，使她得永生。
爾能尋求的，是給她升天，
給她得晉升，現你哭泣吧！
看她得晉升，在那高雲端，
如天其自身。啊！在你這疼愛，
你愛你孩兒，如此心邪惡，
你們發狂跑，看她那美好！
如若結婚長相守，她沒好婚配；
如若結婚便神化，她卻好婚配；
揩乾爾眼淚，粘你迷迭香，

如此美棺材，就如老習慣，
使她著盛裝，抬她到教堂；
雖咱人天性，使咱都哀傷；
然而天眼淚，理性喜哀傷。
卡帕萊特： 所有咱預備，本為慶婚喜，
改變其使命，變成黑葬禮。
我們這樂器，要敲喪鐘聲，
我們結婚筵，要變悲喪席，
我們讚美詩，變成哀輓歌，
新娘手裡花，用來葬屍體。
所有這一切，都向相反變。
勞倫斯： 卡帕萊特先生，您進去；夫人，
陪他去；帕里斯伯爵，您也去；
每人去準備，送此美屍體，
到她墓地去。 上天皺眉頭，
因爾此惡行，違逆他意旨，
再次觸怒他。
（卡帕萊特夫婦、帕里斯、勞倫斯同下。）
樂工甲： 真的，咱們也可以，收起笛子走人啦。
乳 媼： 好兄弟們，對，收起來吧，收起來吧；

因你也知道，這是一件可惜事！（下。）

樂工甲：唉，以我這誓言，這事也許可補救。

（彼得上。）

彼 得：樂工啊樂工！《心靈的安樂》，

《心靈的安樂》！啊！使我能夠活下去，

奏曲《心靈的安樂》。

樂工甲：為何要奏《心靈的安樂》？

彼 得：樂工啊！因為我心裡，

在唱《我心靈滿憂傷》。啊！

替我奏幾曲，安慰安慰我。

樂工甲：一曲也不奏，現在不是奏樂時。

彼 得：那麼你們真不奏？

樂工甲：不奏。

彼 得：那麼我將給你們——

樂工甲：你將給咱什麼呀？

彼 得：沒有一分錢，我保證！我要給你糟糕評；

給你那待遇，吟遊詩人樣。

樂工甲：那我罵你賤奴才。

彼 得：那我用這奴才刀，擱在你們頭顱上。

我可不含糊：我將 re ①你，我將 fa ②你，想我揍你嗎？

① re ：音樂體系中七個基本音級的第二音，此為彼得威脅樂工。
② fa ：音樂體系中七個基本音級的第四音，此為彼得威脅樂工。

樂工甲： 憑你想 re 咱，憑你想 fa 咱，你能揍我們？

樂工乙： 請你收起你刀子，拿出你的智慧來。

彼 得： 那我用我智，向你進攻了。

我用鐵智慧，狠狠敲擊你：

收我鐵刀子，是人回答我：

當那悲痛心，傷我腹疼痛，

憂鬱那曲調，壓抑我心胸。

唯有其音樂，銀聲音如鐘。——

為何是「銀聲」？為何其音樂，

「銀聲音如鐘」？西蒙·卡特林，

你怎麼說？

樂工甲： 先生，因為銀子聲，聲音很動聽。

彼 得： 說得好！休·雷貝克，你怎麼說？

樂工乙： 我說那「銀聲」，因為樂工奏樂曲，是為得銀子。

彼 得： 說得也好！詹姆士·桑德普斯特，你怎麼說？

樂工丙： 真的，我不知道要說啥。

彼 得： 啊！為你鳴不平，你們是樂師；

我替你說了：為何「其音樂，

銀聲音如鐘。」因為樂工們，

奏樂難換一金子。

唯有其音樂，銀聲音如鐘。

只有快幫助，可添些補償。（下。）

樂工甲：這是多麼可惡一惡棍！

樂工乙：吊死他，傑克！來，咱們在這裡，

為了弔客待一會，吃過飯再走。

（同下。）

第五幕

第一場 曼多亞，街道

（羅密歐上。）

羅密歐：若是我可信，夢中諂媚實，

那我夢預示，將有好消息；

我的心靈君，危坐其寶座，

所有這日子，反常那靈魂，

總用樂思想，升我從地面。

夢見我愛人，來見我死亡，

奇怪的夢境，死人也思想！

她吻我嘴唇，吹入我生命，

我便復活了，變成一君王。

唉！如此多歡樂，僅是愛身影，

若愛本身占，那該多甜蜜！

（巴爾薩澤上。）

羅密歐： 維羅納消息！怎麼啦，巴爾薩澤！

是否是神父，叫你捎信來給我？

我的愛人怎麼樣？我父還好嗎？

再問你一遍，茱麗葉，還好嗎？

若她還安好，一定都安好。

巴爾薩澤： 那麼她很好，一切都安好；

長眠她身體，卡帕萊特墓，

不朽她靈魂，天使同生活。

我見她躺在，低低其族墓，

立刻飛馬來，告您這件事。

啊，少爺！寬恕我帶來，這種惡消息，

因是您吩咐，讓我做此事。

羅密歐： 真有這種事！那麼我咒你，星辰！

你知我住處；給我紙和筆，

雇下兩快馬，今晚就動身。

巴爾薩澤：少爺，我請求您，暫且忍耐下，

聽到此不幸，您臉變倉皇。

羅密歐：胡說，你被欺騙了。快去，

去辦那些事，我叫你去做。

神父沒有信，叫你帶給我？

巴爾薩澤：沒有，我的好少爺。

羅密歐：沒事，你去吧，雇好那馬匹；

我就來找你。（巴爾薩澤下）

好，茱麗葉，今晚我要睡你旁。

讓我想辦法。自殘念頭啊！

多快你鑽進，絕望人心裡！

正好我想起，一個藥劑師，

他住這附近，最近我才知，

襤褸草叢間，緊鎖其眉頭，

在那採草藥；看去面肌瘦，

極端苦難日，磨其皮包骨；

在其寒酸鋪，掛著一烏龜，

裝著一鱷魚，還有些魚皮，

形狀很醜陋；在他架子上，

散放幾空匣，綠色陶製罐，

胞囊發霉種，幾段包麻繩，

陳年玫瑰餅，薄薄已破損，

點點此筆墨，便繪那光景。

知道此貧寒，對我自己講，

如若一個人，現需一毒藥，

在此曼多亞，誰賣被告發，

將會被處死，生活奴役人，

會賣藥給他，啊！同樣這思維，

正合我需要，同樣窮苦人，

會賣藥給我。如我所記得，

這是他鋪子；今天是假日，

鋪子沒開門。喂！賣藥的！

（賣藥人上。）

賣藥人：誰在高聲嚷？

羅密歐：過來，朋友。我看你很窮，

拿著這些錢，這是四十塊，

請你給點藥，迅速可斃命，

其能自分散，傳遍全血管，

厭倦生命人，服下便死去，

使得人軀體，立刻停呼吸，

就像在炮膛，點燃那火藥，

一樣迅又捷。

賣藥人：致命這毒藥，我這確實有；

可在曼多亞，法律禁止售，

若向當局說，賣者要處死。

羅密歐：你這樣窮苦，滿是苦寒酸，

難道還怕死？饑寒刻你臉，

貧乏和壓迫，餓陷你眼睛，

輕蔑和卑賤，壓彎你脊背；

世界非你友，法也不護你，

世界沒提供，使你富裕法，

何必耐貧窮？打破這惡法，

收下這些錢。

賣藥人：我的貧窮答應你，但我良心不同意。

羅密歐：我錢支付你貧窮，不是支付你良心。

賣藥人：任何可飲物，把此溶其間，

然後喝下去，即使你氣力，

可抵二十人，也將立送命。

羅密歐：這是金毒藥，在此惡世界，

毒害人靈魂，比此可憐藥，

不許你出賣，更要會殺人。

我賣你毒藥，非你賣我藥。

再見；買些食物吃，使你長些肉。

來吧，補品非毒藥，與我一同去，

茱麗葉墳墓，那裡我用你。

（各下。）

第二場 維羅納，勞倫斯神父的寺院

（約翰神父上。）

約 翰：喂，聖方濟修會，我神父師兄！

（勞倫斯神父上。）

勞倫斯：這聲似乎是，約翰師弟聲。

歡迎你，已從曼多亞回來！

羅密歐，怎麼說？要是他意寫信裡，

給我他的信。

約 翰：當我徒步去，欲找一師兄，

陪我一同去，其中出問題，

他正在城裡，尋訪那病人，

當我見到他，本地巡邏人，

懷疑我們倆，在屋被傳染，

怕帶傳染源，把門鎖上了，

不讓我出去，因此耽誤了，

我去曼多亞。

勞倫斯：那誰捎我信，去給羅密歐？

約 翰：沒能送出去，還在我這呢；

因其怕傳染，沒得一消息，

帶回來給你。

勞倫斯：這下可糟了！以咱情誼來起誓，

這信雖不善，但卻滿任務。

把它帶回來，或把它忽略，

會致多危險。約翰我師弟，

因此你快去，找一鐵鋤來，

直接帶到這兒來。

約 翰：好師兄，我去給你拿。（下。）

勞倫斯：現在我必須，獨自去墓地；

在這三小時，茱麗葉，將醒來，

她將責怪我，因為羅密歐，

不知這事情。我現重寫信，

寄去曼多亞，讓她留我寺，

直等羅密歐，到這來接她。

可憐活人體，幽閉死人墓！

（下。）

第三場 卡帕萊特家墳塋所在的墓地

（帕里斯及侍童攜鮮花火炬上。）

帕里斯：小夥，給我你火把；然後，

遠遠站在這；還是滅了它，

免得被瞧見。那邊紫杉樹，

你躺它下面，幫我聽著點，

何物來空地，因是剛挖墓，

土壤很疏鬆，尚無誰人腳，

踏上此墓地，若有誰到此，

一定能聽見，當你聽人來，

吹哨通知我。給我那些花。

照我說的做，去吧。

侍 童：（旁白）我簡直不敢，獨自站這裡，

這是在墓地，我需冒險試。（退後。）

帕里斯：我用嬌花朵，把你婚床綴；

慘啊，你這天使，竟埋石與灰！

用這甜蜜水，以及我淚水，

呻吟我蒸餾，夜夜我撒露，

你的這葬禮，我為你保留，

夜夜到你墳，撒花和哭訴！（侍童吹口哨）
小夥給警報，有人到此來。
該死漫遊者，今晚到這來，
打擾我憑弔，真愛這葬禮，
什麼！還帶火把來？
夜晚遮住我，看他要做啥。（退後。）
（羅密歐及巴爾薩澤持火炬鍬鋤等上。）
羅密歐：給我那鋤頭，還有那鐵鍬。
且慢，拿著這封信；等到天一亮，
你把它送去，讓我父親看。
給我你火把。聽好我吩咐，
無論聽見啥，或者看見啥，
遠遠站在此，不許過去看，
免得打擾我，與她那談話。
為何我下去，到那死亡床，
一是要看看，我的愛人臉，
第二更主要，是要從她手，
取下寶貴環，那環我需要，
用於重要處。因此快離開；
但若你違逆，膽敢再回來，

遠遠窺探我，到底何意圖，

對天我發誓，我定要把你，

碎屍萬段掉，撒你那肢骨，

在此亂墓地，這是我決心，

兇殘很野蠻，比起那餓虎，

或是咆哮海，更凶更無情，

你可莫惹我。

巴爾薩澤：少爺，我走就是了，絕不打擾您。

羅密歐：這樣你才夠朋友。拿著這些錢，

願你活幸福。再見，好朋友。

巴爾薩澤：（旁白）話雖這麼說，我將躲附近；

他臉令我憂，他意令我疑。（退後。）

羅密歐：可憎你肚子，你這死子宮，

你這無情泥，吞我所鍾愛，

因此我劈開，你這爛下巴，

（將墓門掘開）

在你餓饞嘴，再塞些食料。

帕里斯：這是被放逐，驕傲蒙特鳩，

愛人她表兄，就是被你殺，

據說這悲傷，使我愛人亡。

你還敢回來，犯此齒寒罪，

羞辱死人屍，待我抓住他。（上前）

停止你褻瀆，卑鄙蒙特鳩！

殺人還不夠，死人還復仇，

該死你惡徒，我將抓住你，

屈服跟我去，否則你將死。

羅密歐：確實我該死，因而我來此。

善良美少年，莫激絕望人，

逃走離開我，想想這些死，

讓其驚嚇你，求你年輕人，

在我這頭上，莫添新罪過，

莫激我憤怒；啊，趕快離開吧！

對天我發誓，我對你的愛，

勝於愛自己，因我來這裡，

是要來自裁。別留在這裡，

請你趕快走；活著告訴人，

瘋子發慈悲，叫你逃走的。

帕里斯：拒聽你鬼話；你這重罪犯，

我要逮捕你。

羅密歐：你要激怒我？那我攻擊你，小子！（二人格鬥。）

侍 童：主啊！他們打起來，我去叫巡丁！（下。）

帕里斯：（倒下）啊，我被刺中啦！

倘你存仁慈，打開這墓穴，

將我安放在，茱麗葉身旁！（死。）

羅密歐：好，我會成全你。讓我識別他面孔；啊，

茂丘西奧的親戚，尊貴帕里斯伯爵！

騎馬來時心緒亂，沒聽我僕所說話，

印象之中他告我，說是帕里斯伯爵，

欲娶茱麗葉為妻；要麼是他這樣說？

要麼我做這樣夢？要麼我神經錯亂，

聽他說起茱麗葉，因而這樣去想像？

啊！給我你的手，與我同載噩運簿，

我將葬你勝利墓；一墳墓？哦，不！

是燈塔，被殺的少年，因這躺著茱麗葉，

她美使得這墓窟，充滿光輝歡宴堂。

死去人，你躺那，一個死人埋葬你。

（將帕里斯放入墓中）

常常人們臨死前，其會覺得心歡悅，

他的看護說這是，死前回光一返照；

啊！可否把我這，叫做迴光返照呢？

啊，我愛人！我妻子！死雖吸你甜蜜息，
卻無力量摧你美；你還沒被他征服，
你嘴唇、你臉蛋，美麗徽章仍紅潤，
死亡蒼白那旗幟，尚未占領那地方。
提伯爾特，你躺哪，躺你血淋裹屍布？
啊！我能為你做點啥？唯有砍去殺你手，
剁碎你敵那雙手。原諒我吧，兄弟！
啊！親愛茱麗葉，為何你仍那麼美？
難道你要我相信，虛無死亡也多情，
枯瘦可憎那妖魔，藏你黑暗做情婦？
為防這種事發生，我要依舊陪著你，
再不離這夜幽殿；再不啟程離開此，
我將留下與蛆蟲，做你清掃臥室僕；
啊！我將在此永安息，從這厭倦世凡軀，
撼動災星那車軛。眼睛，最後瞧你眼！
手臂，最後擁抱你！嘴唇！呼吸你門戶，
印我合法一吻別，跟那諂媚死神靈，
訂立永久一契約！來，苦味的嚮導，
絕望駕駛員，惡心厭煩你號叫，
立刻向那巉岩撞！這是為了我愛人！（飲藥）

啊！這是真正一藥師，這藥藥性確實快。

以此一吻我死去。（死。）

（勞倫斯神父持燈籠、鋤、鍬上。）

勞倫斯：聖方濟，加我速！今晚我這腳，

不知在墳堆，絆了多少次！

那邊是誰呀？

巴爾薩澤：這是一朋友，一個熟識您朋友。

勞倫斯：祝福你！告訴我，我的好朋友，

那邊誰火把，誰借其光挖骷髏？

照我所辨認，火把所照地，

卡帕萊特家墳塋。

巴爾薩澤：正是，神父；那是我主人，您所眷顧人。

勞倫斯：他是誰？

巴爾薩澤：羅密歐。

勞倫斯：他來這裡多久了？

巴爾薩澤：足足半點鐘。

勞倫斯：陪我去墓穴。

巴爾薩澤：我不敢，神父。我主不知我沒走；

若我留此窺其圖，其曾用死恐嚇我。

勞倫斯：那你留在這，讓我一人去。

恐懼降臨我身上；啊！我擔心，

會有不幸事發生。

巴爾薩澤： 當我躺此紫杉下，我夢見我的主人，

跟人打起來，那個人，被殺死。

勞倫斯： （趨前）羅密歐！哎喲！哎喲，

這墓石門上，染著何血跡？

在這安靜地，橫放血汙劍，

兩柄皆無主，（進墓）羅密歐！

啊，這蒼白！還有誰？什麼！

帕里斯也在，渾身浸血泊？

啊！多麼殘酷時，造成慘意外！

那小姐醒了。（茱麗葉醒。）

茱麗葉： 啊，善心的神父！我的夫君呢？

我記很清楚，我應在何地，

我正在那裡。我的羅密歐在哪呢？（內喧譁。）

勞倫斯： 我聞叫嚷聲。小姐，離開死亡這巢穴；

此浸無常暈睡氣，一種不能抗拒力，

已經阻礙咱計劃。來，出去吧。

你的丈夫在你懷，在那已經死去了；

帕里斯，也死去。來，我可替你找地方，

出家做尼姑。莫再耽擱盤問我，

巡夜之人就要來。來，好茱麗葉，走吧。

（內又喧譁）我不敢，再等了。

茱麗葉：去吧，神父你快走！因我不願走。

（勞倫斯下）

這是啥？一杯子，握在真心愛人手？

我看是毒藥，結果他生命。唉，吝嗇鬼！

全部喝完了，不留一丁點，幫我做了結？

我要吻你唇，或許唇上面，尚留些毒液，

可使我死去。（吻羅密歐）你唇尚溫暖！

巡丁甲：（在內）孩子，帶路；走哪裡？

茱麗葉：啊，叫嚷聲？那我須快點。

啊，好刀子！（攫住羅密歐的匕首）

這是你鞘子；（以匕首自刺）你到那裡去，

讓我死去吧。（撲在羅密歐身上死去。）

（巡丁及帕里斯侍童上。）

侍 童：就是那地方，火把亮著那地方。

巡丁甲：地上都是血；去，你們幾個，

墓地四周搜查下，無論見到誰，

一律抓起來。（若干巡丁下）

好慘一景象！伯爵被殺躺在這，

茱麗葉，流著血，身體尚熱才死去，

雖然已經葬兩天。去，報告親王，

通知卡帕萊特家，再去叫醒蒙特鳩，

各處搜搜剩下人。（若干巡丁續下）

咱見悲慘此場景，但咱難辨其原委，

一切悲痛事真相。

（若干巡丁押巴爾薩澤上。）

巡丁乙：這是羅密歐僕人；咱在墓地發現他。

巡丁甲：好生看押他，直等親王來到此。

（若干巡丁押勞倫斯神父上。）

巡丁丙：這有一教士，驚慌而顫慄，

嘆氣又流淚，咱從他手裡，

拿到這東西，鋤頭和鐵鍬，

當他正要逃，從此墓地旁。

巡丁甲：重大嫌疑犯；把這教士也看押。

（親王及侍從上。）

親 王：什麼禍事端，這早便發生，

打斷我個人，清晨好安睡？

（卡帕萊特、卡帕萊特夫人及餘人等上。）

卡帕萊特： 外面這樣亂叫嚷，那是咋回事？

卡帕萊特夫人： 街上的人們，有喊羅密歐，

有喊茱麗葉，有喊帕里斯；

邊喊邊跑向，咱們家祖墳。

親 王： 這是何駭然，劃破咱耳際？

巡丁甲： 王上，被殺帕里斯，他躺在這兒；

羅密歐死了；已死茱麗葉，

身上還熱乎，被人又殺死。

親 王： 用心去調查，找出萬惡此命案，

如何會發生。

巡丁甲： 這有一教士，還有一僕人，

其屬被殺羅密歐，他們都拿掘墓器。

卡帕萊特： 天哪！妻子啊！瞧咱女兒浸血泊！

這刀放錯它位置！你瞧，它的空鞘子，

在那蒙特鳩背上，刀卻插咱女兒胸！

卡帕萊特夫人：哎喲！這死慘景如喪鐘，告我殘年快入土。

（蒙特鳩及餘人等上。）

親 王： 過來，蒙特鳩，你雖起得早，

卻見你兒子，更早便倒下。

蒙特鳩： 唉！陛下，悲傷我兒被流放，

昨晚我妻也去世；什麼更為悲痛事，

還能謀害我殘年？

親 王： 瞧你可見到。

蒙特鳩： 你這不孝東西啊！這是什麼禮節啊？

你怎能比你父親，更早鑽到你墳墓？

親 王： 暫時停止你悲慟，直等弄清此疑團，

知道其源頭，其原因，真實其過程，

然後我將會，帶領你們哭一場；

直至死去又活來，暫時忍傷悲，

讓此不幸嫌疑犯，告咱事件疑問處。

勞倫斯： 我是最大嫌疑犯，雖我最不可能做，

然我嫌疑卻最大，因為時間和地點，

都在證明就是我，是此悲慘事兇手。

現我站此被檢舉，雖我承認自有罪，

但也要為我辯解。

親 王： 那把你所知，立刻說出來。

勞倫斯： 簡短我敘述，因我活時日，

短促還不及，繁冗故事長。

死去羅密歐，茱麗葉之夫，

死去茱麗葉，她是羅密歐，

忠誠好妻子，是我主其婚。
祕密其婚日，提伯爾特死，
他這突然死，使做新郎人，
從這城放逐；為他茱麗葉，
非提伯爾特，憔悴心欲裂。
你為解她憂，把她許配給，
帕里斯伯爵，逼她嫁給他，
她便來見我，狂痴她表情，
要我想辦法，避她二婚姻，
否則在我寺，她便要自殺。
之後我給她，據我知識調，
一劑安眠藥；如我所預料，
此藥有效力，她一服下去，
如死昏睡去。同時我寫信，
送給羅密歐，叫他這裡來，
在此可怕夜，從她寄寓墓，
幫我救出她，因藥時一到，
藥力便消失。但約翰神父，
替我送信人，路上出意外，
昨晚回來時，帶回我信件。

在她醒來前，隻身我前去，
從她家族墓，將她先救出，
預備要把她，藏匿我寺院，
等有方便時，送交羅密歐；
但當我來時，在她醒來前，
僅有幾分鐘，這裡便躺著，
尊貴帕里斯，忠誠羅密歐，
兩人都已死。當她醒來時，
我請她離去，勸她耐心忍，
這種天變故；但在那時候，
聽到人語聲，嚇我離墳墓，
她在絕望中，不肯跟我走，
但看其樣子，她是要自殺。
這是我所知，對於這結婚，
奶媽也知情。若是這災禍，
由我錯造成，讓我這老命，
在受這法律，嚴厲制裁前，
提早幾時犧牲吧。
親 王：向來咱知道，你是一聖人。
羅密歐僕人呢？他有何話說？

巴爾薩澤： 我把茱麗葉死訊，通知我主人，

此後他從曼多亞，著急到此地，

在這墳墓前，其叫我把這封信，

一早送其父；當他走進墓穴時，

他還恐嚇我，說我若不離開他，

留他在那裡，他便要把我殺死。

親 王： 給我那封信，我將看看它。

叫那巡丁來，伯爵侍童呢？

夥計，你的主人到這做什麼？

侍 童： 他帶些花來，撒在其妻墳，

叫我遠遠站，我聽他的話；

可是不久後，來了一火把，

要掘那墳墓。後來我主人，

拔劍跟他打起來，我就奔去叫巡丁。

親 王： 這信證實神父話，講起他們愛過程，

和她去世那消息；他說他買一毒藥，

從一窮苦賣藥人，帶到墓穴再自殺，

與茱麗葉躺一起。 兩家仇人在哪裡？

卡帕萊特，蒙特鳩？瞧瞧你們這仇恨，

受到多大一懲罰，上天假借心愛人，

奪爾平生所心愛；我因忽視爾爭執，

也失支柱我親戚，大家都受此懲罰。

卡帕萊特：啊，蒙特鳩大哥！給我你的手；

這是我女兒遺產，因我再沒別所求。

蒙特鳩：但我給你將更多；我用純金鑄她像，

要讓維羅納，人人知其名，沒有何雕像，

能比忠貞茱麗葉，更為卓越。

卡帕萊特：同樣富麗羅密歐，將躺他的夫人旁，

可憐這兩人，犧牲咱仇恨！

親 王：淒美雙和解，捎來這清晨。

太陽因悲痛，躲藏不露身。

眾人請離去，多談此悲憤。

有的將寬恕，有的將被懲。

古今多少痛心事，能比這段愛堅貞，

羅密歐與茱麗葉，更加悲天又憫人。

（同下。）

仲夏夜之夢

劇中人物

忒修斯：雅典公爵。

伊吉斯：赫米婭之父。

拉山德：雅典青年，戀赫米婭。

狄米特律斯：雅典青年，同戀赫米婭。

菲勞斯特萊特：忒修斯的掌戲樂之官。

希波利塔：阿瑪宗女王，忒修斯之未婚妻。

赫米婭：伊吉斯之女，戀拉山德。

海麗娜：戀狄米特律斯。

奧伯龍：仙王。

提泰妮婭：仙后。

普克：小精靈，又名好人羅賓。

坎斯：木匠。

斯納格：細工木匠。

波頓：織工。

弗魯特：風箱修理者。

斯諾特：補鍋工人。

斯塔佛林：裁縫。

皮拉姆斯：波頓所演的劇中男主人翁。

西斯貝：弗魯特所演的劇中女主人翁。

豆花、蛛網、飛蛾、芥子：小神仙。

其他侍奉仙王仙后的小仙人們。

忒修斯及希波利塔的侍從。

第一幕

第一場 雅典，忒修斯宮中

（忒修斯、希波利塔、菲勞斯特萊特及侍從上。）

忒修斯： 希波利塔弄仙姿，良辰佳期眼在即，

但恨光陰慢挪移，挨過四天方吉日，

花好月圓人婚慶，換來新月我心知；
奈何圓月如殘照，死撐寒影不消失，
緣似繼母或寡婦，滯留我願讓人急，
消耗財產老不死，無可奈何長戚戚。
希波利塔： 四天時光夜侵蝕，四個夜晚幽夢擠，
及至月亮似銀弓，新月彎成懸夜空，
凝視蒼穹暗夜景，莊嚴無比咱婚慶。
忒修斯： 去，菲勞斯特萊特，
挑動雅典青年人，釋放笑語又歡聲，
喚醒少女輕佻行，活化伶俐女童貞，
而把憂鬱與悲傷，驅趕墳墓活埋葬；
喜慶婚禮多氣派，晦氣人兒免參觀。（菲勞斯特萊特下）
希波利塔，
曾經寶劍以為證，神聖求婚望你許，
赴湯蹈火再不辭，只為芳心能博取；
另闢蹊徑我求你，窮歡極樂世矚目。
（伊吉斯、赫米婭、拉山德、狄米特律斯上。）
伊吉斯： 上天賜福您！威名遠颺咱公爵。
忒修斯： 謝謝你，伊吉斯愛卿。 你有何事啟奏？
伊吉斯： 懷抱滿腹氣憤事，向你控訴我孩兒——

我女赫米婭。

狄米特律斯，請走上前來，

尊貴咱公爵，就是這紳士，

得到我同意，可娶我女兒。

拉山德，上前來，敬愛咱公爵，

此人最可惡，用計蠱惑我孩兒，

你、你、拉山德，你寫愛情詩，

盡寄我孩兒，與其交換愛情信；

月明星稀夜，你到她那窗臺前，

虛情假意唱，詞中處處見偽誓。

騙取其對愛憧憬，用你頭髮編手鐲，

巧用戒指做信物，花束玩具與糖果，

注入強烈流行語，施以年輕軟心計，

花花公子甜蜜語，騙取少女陷痴情，

曾經孝順我女兒，因此叛逆變天性。

尊貴慈愛咱公爵，我心因此痛不已，

在您榮光下，如其再固執，

不願下嫁與，狄米特律斯，

雅典自古相傳法，請求賦予我權利，

因其是我女，我可處置她，

遇到此情況，根據可查法，

如若不嫁此紳士，便當凌遲即處死。

忒修斯：你有何許話，嬌美赫米婭？

美貌如花女，聽點勸告吧！

你父似天主，賜你端莊與華表，

你似那蠟像，是他精心把你雕，

他可塑造你，也可毀滅你。

何況狄米特律斯，是個好紳士！

赫米婭：拉山德也很好啊！

忒修斯：他人是很好；但在此事上，

需得你父諾，狄米特律斯，

因此勝一籌。

赫米婭：寧願我父親，以我眼光來看待。

忒修斯：不是你父親，應有你眼光，

而是你應該，判斷如你父。

赫米婭：祈求公爵寬恕我！

不知因為何，使我變膽大，

不知此情景，何以辯護才謙遜。

但求公爵施恩澤，讓我知道此情況，

如若拒絕嫁給他，最壞厄運將為何？

忒修斯： 社會永遠男主宰，對此你有兩可選，

公開放棄或受死；為此嬌美赫米婭，

仔細叩問心求何！審視你那嬌弱軀，

掂量你身流淌血；肯否接受你父願？

能否忍受尼姑裝，終生禁閉修道院？

靜對清輝唱殘月，毫無生氣此一生，

忍受如此聖女情，上帝對此三賜福，

但此人間甜蜜戀，香似玫瑰把人誘，

花自凋零蓓蕾時，自生自滅多寂寞，

花開花謝孤獨影，枉費人生一段福。

赫米婭： 就讓我自生自長，這樣花開花又謝，

公爵，就讓我貞操，獲得專利吧！

父親那權威，實非人願頑桎梏，

追求幸福我靈魂，不願讓出主宰權。

忒修斯： 請你三思而後行，待到新月降溫床———

我與愛人結婚約，夫唱婦隨到白頭，

待到有情人，攜手成眷屬———

你再做決定，要麼違你父，

一死以抗爭；要麼從你父，

以你身下嫁，狄米特律斯；

否則神壇前，當著黛安娜，

立下你誓言，終生都不嫁。

狄米特律斯： 悔悟吧，可愛赫米婭！

認命吧！天真拉山德，

放棄痴心想，摒棄僥倖心，

迎娶赫米婭，終是我權利！

拉山德： 狄米特律斯，

她那父親愛，你既已得到，

真愛赫米婭，讓我擁有吧；

你與她父親，自可結婚呀。

伊吉斯： 無禮拉山德！一點也不錯，

他獲我寵愛，一切我所有，

無私贈予他，而她隸屬我，

支配她權利，我定贈給他。

拉山德： 尊貴我公爵，我與他同根，

一樣家萬財，而愛多幾分；

財運前途命，不論何方面，

即使不能勝過他，也絕不會輸於他；

更以籌碼引自豪，博得深愛赫米婭。

既得此優勢，怎能不申斥，

狄米特律斯，卻有勾當事，

奈達女兒海麗娜，他曾向其表達愛，

贏得芳心見痴情，而他無常拋棄她。

忒修斯：狄米特律斯，我須自承認，

確聞此閒話，曾經想瞭解，

由於事太多，忘了此等事，

你與伊吉斯，逕自隨我來，

我有私密話，單對你倆說。

而你赫米婭，自當重審視，

調整你喜好，適應你父願，

否則雅典律，將置你死地——

而我絕不會，因此有偏袒——

要麼選擇死，要麼誓不嫁。

來吧，愛人希波利塔；你因何而樂？

狄米特律斯和伊吉斯，咱們走吧；

我要差你倆，為咱婚禮辦些事，

還要與你來商量，一些你等關心事。

伊吉斯：追隨公爵您，是咱心願和本分。

（除拉山德、赫米婭外均下。）

拉山德：我的心愛人！現在還好嗎？

為何你臉頰，變得慘又白？

你那玫瑰顏，為何凋謝如此快？

赫米婭：多半需雨露，我眼滾滾淚，

也許可滋潤，使其歸常態。

拉山德：唉！我……

在我所讀物，傳說或歷史，

聞得真愛情，從來多坎坷，

因咱不同血，會添多挫折——

赫米婭：噢，上帝啊（在胸前畫十字），

高尚要向那低俗，卑躬又屈膝！

拉山德：要不就因為，長幼有尊卑，

晚輩應尊長——

赫米婭：可惡啊，年老要為年輕者，

包辦其婚姻！

拉山德：要不就聽信，朋友那選擇——

赫米婭：地獄啊！選擇真心愛，

要靠別人那眼光！

拉山德：要是抉擇中，浸透憐憫情，

即便是戰爭，死亡或疾病，

團團來圍攻，不過暫時景：

急促一轟雷，迅若一陰影，
短短一幽夢，黑夜一閃電。
但置怒氣中，一切皆迥異，
天堂與人間，縱然都打開，
依然無能耐，說聲「你瞧啊」。
黑暗雙頜閉，把此吞下肚。
眨眼轉瞬間，世界成混沌。
赫米婭：這世間真愛，永遠需挫折，
如果命運這安排，讓咱學會忍磨難；
因此慣常苦，可憐夢中人，
日思夜盼常哀嘆，以淚洗面訴思念。
拉山德：很好說服你：為此，聽我的，赫米婭。
我有一姑母，亡夫獨寡居，
年有豐收入，但卻無兒女，
家距咱雅典，大約二十哩[①]；
往昔她待我，親似她兒子，
那兒能成婚，溫柔赫米婭，
雅典殘酷法，難於約束咱，
如若你愛我，相約明晚上，
悄離你父屋，郊外林三哩，

曾經與你見，你和海麗娜，

當時慶五月，我那等候你。

① 哩：英制長度單位，現多用作「英里」。

赫米婭： 善良拉山德！向你起誓言。

憑藉邱比特，手弩多強勁，

憑藉金輝鏃，閃閃發光箭，

憑著維納斯，鴿子代和平，

憑心有靈犀，渴愛成神力，

憑女迦太基[①]，焚身烈火義，

當其特洛伊，偽裝揚帆去，

男子所發誓，違背遠勝女，

以此發誓言，明晚定赴約。

① 迦太基：北非的古代城市和城邦，位於現在的突尼斯附近。據希臘神話，迦太基女王曾與落難的特洛伊王埃涅阿斯相愛，後因諸神命令埃涅阿斯返回，她絕望地登上柴堆自焚。

拉山德： 願你守誓言。 親愛的，瞧，海麗娜來了。

（海麗娜上。）

赫米婭： 上帝庇佑你，美麗海麗娜！你到何方去？

海麗娜： 你說我「美麗」？我願未聽聞！

狄米特律斯，愛你那嬌身，

雪膚花玉貌，才稱幸福美！

你眼耀星辰，你聲甜悅耳，

賽小麥青青，山楂吐蕾時，

雲雀放聲歌，送入牧人耳。

若美可如病，我願被傳染，

美麗赫米婭，但願我走前，

我耳拾你音，我眼變你眼，

眼睛送秋波，舌頭貼旋律。

我擁整世界，他必有所忌，

我願棄一切，只求化身你。

啊！請教以何看，以何為技藝，

你以何嬌態，打動伊人心？

赫米婭：我曾橫眉冷對他，但他愛我仍依舊。

海麗娜：唉，要是你蹙眉，能教我微笑，

如此這本領，那就太好了！

赫米婭：雖我投他於咒罵，他卻報我以愛情。

海麗娜：唉，要是我祈禱，能引愛情似如此！

赫米婭：我恨他越深，他追我越甚。

海麗娜：我愛他越深，他厭我越甚。

赫米婭：這是他痴情，海麗娜，不是我有錯。

海麗娜：你無一點錯，但錯你美貌；要是我錯就好了！

赫米婭： 請你放寬心，我顏難再見；
我與拉山德，即將逃離此，
在咱相遇前，雅典像天堂；
然而相遇後，一切皆有變，
世俗施魔力，天堂成地獄！
拉山德： 對你海麗娜，實不相瞞你，
明夜當空裡，正當月仙子，
對著水中鏡，凝視銀光臉，
露似珍珠飾，裝點草葉間，
情奔適宜時，悄悄偷逃離，
溜出雅典城，咱已約在先。
赫米婭： 我和拉山德，相約樹林裡，
淡淡櫻草壇，你我曾睡憩，
吐露柔情語，告以知心話，
待得我相遇，雅典成追憶，
作別此城去，過眼成煙雲，
尋求新知己，覓得新玩伴。
告別兒時友，為我相祝福，
祝你好運氣，重得愛人心，
親愛拉山德，莫要違誓言，

暫忍離別苦，明晚夜深見。

拉山德： 我一定，我的赫米婭。

　　（赫米婭下）

海麗娜，再見了；

如同你愛他，願他也愛你！

　　（下。）

海麗娜： 人間幸福兒，他人生妒忌，

都說雅典城，我與赫米婭，

花開並蒂蓮，貌美不相異，

但此有何用，伊人不承認。

人人皆知曉，唯獨他專橫，

秋波赫米婭，錯將他迷惑，

我自愛情痴，愛慕他才情，

一切性根劣，愛中無重輕，

愛情迷幻力，迷失人本性。

曾經高貴身，為愛棄尊嚴，

愛是情相連，而非視相斷，

天使邱比特，描成天生盲，

愛神無理性，判斷憑味感，

生翅無雙眼，魯莽急相斷。

因此有傳聞，愛神小孩子，

多少決策事，再三被欺騙，

滑稽小男孩，戲中常偽誓，

愛神亦如此，到處發偽誓。

狄米特律斯，未見赫米婭，

誓言似冰雹，說他屬於俺，

火熱赫米婭，冰遇便融化，

愛人如雨誓，頓時雲霧散。

我將告訴他，欲逃赫米婭，

明夜樹林中，尋她他必現，

若此小聰明，可得他恩感，

雖此高昂價，即便更悲傷，

能睹他音容，此生不遺憾。（下。）

第二場 同前，坎斯家中

（坎斯、斯納格、波頓、斯諾特、弗魯特、斯塔佛林上。）

坎 斯：所有咱成員，都到這了嗎？

波 頓：照著你名單，挨個點下名。

坎 斯：這張名單上，人人名有列，

所有雅典人，個個都認為，

公爵娶夫人，婚禮舉行夜，

當著他們面，扮演這戲人，

這兒咱兄弟，除此誰勝任。

波 頓：第一個，善良的彼得·坎斯，

說說這齣戲，主要講什麼？

然後分分工，誰人扮何角？

須使每細節，清晰有條理。

坎 斯：好，咱們戲名是：

令人最惋惜、最悲慘之死，

喜劇《皮拉姆斯和西斯貝[1]》。

① 皮拉姆斯和西斯貝：奧維德《變形記》中巴比倫愛情故事的男女主角。雙方父母禁止他們來往，於是他們在兩家的牆上打通一個洞私會，最後決定私奔，並約定在一棵桑樹下相會。西斯貝先到，但她被一隻獅子嚇跑了，逃跑過程中丟落的面紗被獅子撕得粉碎。皮拉姆斯趕到時發現了撕碎的面紗，以為她已死，遂自殺身亡。當西斯貝返回時，發現皮拉姆斯已死，也自殺了。從那時起，原本是白色的桑葚被這對情人的鮮血染成了紫黑色。

波 頓：那是出色作，我心信任你，

該作會有趣。現在，善良的彼得·坎斯，

照著那名單，分配咱角色。

我請各諸位，逕自站開來。

坎 斯：咱叫誰名字，誰就聲應答。

尼克·波頓，織工。

波 頓：是。先說我扮何角色，然後再繼續。

坎 斯：你，尼克·波頓，扮演皮拉姆斯。

波 頓：皮拉姆斯，何許人？情郎，還是暴君？

坎 斯：是情郎，為了真心愛，英勇殉情了。

波 頓：那將賺眼淚，當我場中現，

如果我扮演，觀眾眼留心；

感動淚如雨，憐憫動真情。

注重諷暴君，此乃弦外音，

厄剌克勒斯，咱扮無人敵，

或扮一猛虎，嚇得人魄散。

山石發狂怒，雷聲隆顫抖，

摧開監牢鎖。獄門寬敞開，

皮車門洞開，遙遠光耀彩，

生成或毀壞，愚蠢命運神。

氣勢磅礴吧！現在，念那餘下名。

貴冑厄剌克勒斯，一副專制那神氣；

此一痴情郎，更值你同情。

坎 斯：弗蘭西斯·弗魯特，風箱修理者。

弗魯特：是，彼得·坎斯。

坎 斯：你扮西斯貝。

弗魯特：西斯貝，何許人？江湖一俠客？

坎 斯： 她是那女士，使得皮拉姆斯，墜入其愛河。

弗魯特： 不，上帝，別叫我扮一娘們兒；咱這鬍子已長出。

坎 斯： 那是你的一藉口；你演盡可戴面具，儘量低語小聲說。

波 頓： 咱可把臉罩，可扮西斯貝。

咱會低聲語，似怪小聲吟。

「西斯妮！西斯妮！」

「啊！皮拉姆斯，親愛的愛人，

我是親愛的，你的西斯貝，

你親愛的夢中女孩！」

坎 斯： 不，不，你得扮皮拉姆斯。

弗魯特，你須扮演西斯貝。

波 頓： 好吧，繼續叫。

坎 斯： 羅賓·斯塔佛林，裁縫。

斯塔佛林： 是，彼得·坎斯。

坎 斯： 羅賓·斯塔佛林，西斯貝母親，由你來扮演。

湯姆·斯諾特，補鍋工人。

斯諾特： 是，彼得·坎斯。

坎 斯： 皮拉姆斯那父親，由你來扮演；

西斯貝父親，我自來扮演。

斯納格，細工木匠，你扮一獅子：

我想這齣戲，就此分妥當。

斯納格：獅子那臺詞，不知你可有？

要是有的話，請把它給我，

因為我記性，實在不大好。

坎 斯：現場發揮就能行，

因為你只要，咆哮就行了。

波 頓：讓咱也扮獅子吧。我會做怒吼，

我讓所有人，都能聽得到；

我能做怒吼，咱使公爵都說道，

「讓其再吼一次吧！讓其再吼一次吧！」

坎 斯：你的咆哮太可怕，嚇壞夫人和小姐，

如其個個尖聲叫；其罪足以全殺頭。

眾 人：其罪足以全殺頭，我輩男兒難倖免。

波 頓：朋友們，承認你們說得對；

要是太太們，被我嚇昏頭，

讓其失理智，準把咱吊死。

但若把怒吼，壓得聲音低，

就像鴿吮乳，低沉多溫柔，

或像那夜鶯，輕聲唱歌曲。

坎 斯：除了皮拉姆斯；無角合你扮，

因為皮拉姆斯，一個小白臉，
體面男兒身，如你夏日見；
一個可愛人；高雅紳士樣，
因而你必須，扮演皮拉姆斯。
波 頓： 好的，咱就扮皮拉姆斯。
咱掛何鬚好？
坎 斯： 就隨你的便！
波 頓： 咱可掛，稻草鬚、橙黃鬚、紫紅鬚、
法國金錢鬚或者純黃鬚。
坎 斯： 中有洋錢色，根本無鬍鬚，
因而建議你，還是光臉好！
但是諸兄弟，這是咱臺詞。
咱勞駕諸位，懇求加希望，
趁著明月亮，明夜得念熟，
郊外一哩路，禁林咱碰頭，
咱須在那裡，排練再排練；
若是在城裡，有人會跟隨，
咱這玩意兒，風聲將被漏，
咱開一單子，盡列所需物，
我勞駕諸位，不要把事誤。

波 頓： 咱定準時到；咱在那排練，

可以無所忌，勇敢方無畏。

大家辛苦下，一定可做好。

再會！

坎 斯： 咱在公爵樹下見。

波 頓： 好的，君子一言，駟馬難追。（同下。）

第二幕

第一場 雅典附近的森林

（一仙子及普克從相對方向上。）

普 克： 喂，仙子！雲遊何方去？

仙 子： 翻山陵兮越溪谷，踏荊棘兮涉叢木，

越樊籬兮覽公園，涉洪水兮穿山火，

流浪天下方罷休，轉比月色還快速，

伺候仙后效命走，點綴綠蔭晶瑩露。

亭亭猿猴草，忠實她衛士，

身著金黃裝，斑點隱可見，

此般紅寶石，仙子多鍾情，

在此雀斑點，浸透其氣質，

我將此地尋，覓得瑩露珠，

每朵花耳上，盡掛珍珠墜。

精靈高飛客，再見臨別前，

仙后及侍從，即將來造訪。

普 克： 今夜仙王來，堅持開歡宴，

說服咱仙后，避開王視線，

仙王奧伯龍，惹惱怒氣盛。

因其後侍從，覓得新歡人，

從那印度王，盜取可愛童，

憐愛寶貝兒，從未此珍重，

嫉妒奧伯龍，想奪後摯愛，

充其做侍童，尾隨林野外，

後自難割愛，保護心愛兒，

給其戴花冠，傾注平生樂。

樹林或草地，相遇恰及時，

噴泉無清流，星輝無澤飾，

相遇罵相迎，嚇破咱侍從，

鑽進橡樹叢，蔽身躲其中。

仙 子： 要麼錯認你形貌，做出此等謬誤裁，

要麼羅賓好人兒，聰明淘氣精靈怪。

是否就是你，嚇唬鄉村女，

脫去牛乳脂，也替人磨穀。

氣喘吁吁那主婦，攪動乳桶無脂取，

取走其中發酵母，使其酒中無甜醇。

錯引夜行人，笑其得災禍，

稱你淘氣怪，也作善大仙，

幫人幹活計，帶來人福音。

那人是你嗎？

普 克：如你所判斷，我乃夜遊從，

擅說俏皮話，逗笑奧伯龍，

迷惑肥壯馬，學嘶雌馬駒；

有時似烤蟹，藏身潑婦碗，

當其將食飲，擊唇巧掠走，

弄倒麥酒碗，潑灑癟喉皮；

滿腹經綸婦，將講悲劇事，

我化三腳凳，誘其來歇坐，

待其剛要坐，股下我溜走，

使其仰馬翻，直喊「好傢伙」！

氣急嗆不止，眾人笑捧腹，

越思越想越好笑，鼻涕眼淚笑出來，

誓言有趣那時光，從來那裡不浪費。

但你請讓路，仙子，身後奧伯龍。

仙 子：仙后也來了，要是他走了，一定會很好！

（奧伯龍及提泰妮婭各帶侍從從相對方向上）

奧伯龍：冤家月下遇，驕傲提泰妮婭！

提泰妮婭：是嗎？嫉妒奧伯龍！

精靈們，你們快閃開；

我已立誓言，自此莫同寢。

奧伯龍：站住，魯莽潑婦女！我非你夫君？

提泰妮婭：那我乃你妻！但我卻知曉，

你曾偷下界，扮作牧羊少，

整天吹麥笛，吟唱情歌曲，

調情風騷女，此事難瞞我。

迢迢千里印度來，你今到這就為此，

亞馬孫[1]，高身材，為她如今你到此。

昨昔你情婦，勇士人今愛，

在此婚慶前，祝賀忒修斯，

讓出你歡床，給其做繁衍。

奧伯龍：虧你有臉說，提泰妮婭，

把我人生譽，與希[2]齊侮蔑？

你與忒修斯，私情人可知。

你在朦朧夜，引其離愛人，

佩里吉亞被其虜，你施奸計使其棄？

美麗伊葛爾，阿里阿德涅[③]和安提俄珀，

使其負心同遺棄？

提泰妮婭：此你嫉妒造謊言，自從仲夏剛開始，

草場石泉海濱灘、山上谷中樹林裡，

每次咱相聚，和風剛舞起，

總是與你吵，打斷我興致，

讓風白吹奏，我等卻不理。

它便海中吸毒霧，化成瘴雨降大地，

水漲溪河得意濫，向咱報仇洩怨氣，

牛兒因此白牽軛，枉費農夫灑血汗，

綠禾無芒便腐爛；空空羊欄成汪洋，

烏鴉飽啖羊屍體；舞失器廢濕泥糊[④]，

繁茂雜草蔓延生，無人踐踏路模糊，

人間仲夏像寒冬，夜晚不再歡歌頌。

執掌潮汐月，不聞夜間頌，

氣得臉發白，濕洗人間氣，

使人一沾染，盡害病風濕。

因為時紊亂，季候也怪異，

白頭寒霜露，今舔紅薔薇。

年邁那冬神，稀薄冰冷冠，

竟透花冠味，甜蜜夏花蕾。

就如嘲笑置，春天和夏天，

受責那秋天，憤怒降冬天，

都改習慣服，迷惘那世界，

難憑其添裝，辨別誰是誰，

所有這一切，皆因咱爭吵，

一切禍根源，都因我倆鬧。

① 亞馬孫：指希臘神話中由婦女戰士組成的一個種族的成員。希臘英雄赫拉克勒斯所服的勞役之一就是率領一支遠征隊伍去奪取亞馬孫女王希波利塔的腰帶。另一種說法是，忒修斯曾進攻過亞馬孫人。

② 希：即希波利塔。

③ 阿里阿德涅：克里特國王米洛斯的女兒，曾給情人忒修斯一個線團，幫助他走出迷宮。

④ 這裡指跳九人莫里斯舞的人已經不在人世，他們用過的器械被棄置，現在被濕泥覆蓋。據載，莫里斯舞通常是六或八個男人一組，外加一或兩名樂師，常用的樂器則是手風琴、手鼓與木棒，與這裡的九人莫里斯舞大體相符。

奧伯龍： 那就設法來補救；一切原因皆在你，

為何提泰妮婭她，要逆她夫奧伯龍？

我求不過一小兒，況且僅做我侍童。

提泰妮婭： 請你死了這份心，拿你整個仙人境，

不能換得這孩兒，其母就是我信徒，

印度芬芳深夜裡，常在我側話閒談，

陪坐海邊黃沙灘，凝望海上過往船，

笑看風吹帆似孕，個個凸起肚皮囊；

那時她有孕，已懷這孩子，

便學船帆樣，輕快淩風馳，

為我尋物品，往返海岸間，

好似航海歸，琳瑯滿商品，

但因是凡體，兒生便去世。

因此養她孩，不願割此愛。

奧伯龍：預備林中待多久？

提泰妮婭：直到忒修斯，舉行婚禮後，

要是你耐心，和我共跳舞，

月亮狂歡賞，隨我一起走；

否則咱井水，不犯你河水。

奧伯龍：給我那孩兒，跟你一塊走。

提泰妮婭：仙國交換亦不幹。仙子們，走吧！

多留此一刻，我們還要吵。

（率侍從下。）

奧伯龍：好，你自滾蛋！為報此椿仇，

不出此樹林，定有你好受。

過來好普克，你可記得否？

曾經海岬上，望見美人魚，

騎坐豚背上，歌聲婉和諧，

鎮靜狂怒海，星星跳狂奔，

蹦出其軌道，為聽海女樂。

普 克： 我記得。

奧伯龍： 時你視不察，我卻有見證，

冷月地球間，飛翔邱比特，

持弓箭上弦；瞄準童貞女，

端坐西方座，靈巧弓箭出，

雖說愛情箭，能透十萬心。

可遇水晶月，愛箭火卻熄，

童貞女王塵不染，安然無恙浸思念；

但見愛箭落地時，巧落西方小花上，

花本乳白無顏色，因傷濺成紫紅色，

少女稱其「愛懶花」，去把那花採集來。

曾經給你視其樣；將其花汁滴睡眼，

無論何男女，醒來物首見，

發瘋對其愛，去採花汁來；

鯨魚沒游三哩路，必須見你採集來。

普 克： 四十分鐘內，我可繞地球，旋轉一周回。 （下。）

奧伯龍： 花汁一到手，留心等其睡，

把汁滴眼皮；醒來首見物，

無論獅或熊，或狼或牛也同樣，

或者好事樹獮猴、忙碌無尾猿，

其將強烈去求愛。 我將用他草，

解去她中那魔力，但得先讓她，

把那孩兒讓於我，可是誰來此？

凡人不見我，讓我聽聽其談話。

（狄米特律斯上，海麗娜隨其後。）

狄米特律斯： 我本不愛你，因而別跟我，

在哪拉山德？我要宰了他！

但是赫米婭，美麗赫米婭，

卻可殺了我。 你曾告訴我，

他們私奔到此林，我今趕到這，

根本不見赫米婭，因此快滾開！

再別跟著我！

海麗娜： 由於你，吸引我，你心腸，硬磁石！

你吸引，不是鐵，是我心，堅如鋼。

要是去掉你引力，我就無力再跟你。

狄米特律斯：是我引誘嗎？我曾說你漂亮嗎？

不是曾經告訴你，我並不愛你，

也不能愛你，我心沒有你。

海麗娜：即使是如此，我也更愛你，

讓我做隻狗，狄米特律斯，

你越是打我，我越向你邀恩寵，

把我當你狗，你踢我、打我、

冷淡我、丟棄我，什麼都可以，

只求容我跟隨你，即便我微不足道，

不知在你愛情裡，我的地位有多糟？

難道不如一隻狗？但那對我已足夠。

狄米特律斯：不要得寸還進尺，惹怒我心起厭恨；

因我一見你，馬上就生病。

海麗娜：可我不見你，馬上就生病。

狄米特律斯：你也太厚顏，不懂尊自身，

竟自擅離城，置身他人手，

那人不愛你，黑夜玷汙你，

貞操多值錢，葬送此汙泥，

你還寄信任，黑夜跟人走。

海麗娜： 你有高尚德，使我敢如此，

因我見了你，黑夜成晝白，

因而不覺在夜裡；林中有你不愁伴，

你在我眼整世界，整個世界瞧著我，

怎會孤身我一人？

狄米特律斯： 我要避開你，躲在叢林裡，

任憑林中獸，把你獨處置。

海麗娜： 兇殘林中獸，不若你心肝，

想逃就逃吧；故事將改編，

逃走阿波羅[①]，追趕達芙妮，

鴿子追鷹隼；馴鹿追猛虎，

弱者追勇者，結果自徒勞。

① 阿波羅：希臘神話中被崇奉得最廣泛的神。他瘋狂地向河神的女兒達芙妮求愛卻被拒絕，達芙妮想盡力擺脫他，直至變成月桂樹——他的聖樹。

狄米特律斯： 我將不停留，聽你出難題，

讓我走開吧，切莫再跟我，

如你不相信，林中定欺你。

海麗娜： 唉，在那神廟裡，市鎮以及田野裡，

到處見你欺負我。 唉，狄米特律斯！

你之虐待已成錯，女子因此蒙恥辱，

我雖不似男人樣，為了愛情而爭鬥，

但卻應該被求愛，而非我去求人愛。

（狄米特律斯下。）

我將緊緊跟隨你，轉化地獄為天堂，

願我死在愛人手，埋葬身軀愛土壤。（下。）

奧伯龍：女郎，咱們再會吧！讓其不出林，

飛奔找回來，向你尋求他愛情。

（普克重上。）

奧伯龍：你把花汁採來了？歡迎回來，漫遊者！

普 克：是的，就在這。

奧伯龍：你把它給我，我知一水灘，

茴香處盛開，長滿草櫻花，

盈盈紫羅絲，馥郁金銀花，

香澤野薔薇，漫天錦帷張，

提泰妮婭花中憩，柔舞清歌撫睡香，

花蛇脫下發亮皮，夾蓋野草護仙子。

擠點此花汁，塗在她眼皮，

讓她心充滿，可憎各幻想。

帶些此花汁，林中去尋訪，

美麗雅典女，陷身愛泥潭，

倘見薄情少，躺睡她近前，

輕輕點花汁，塗抹他眼皮，

他著雅典裝，你須辨細緻，

執行我吩咐，不可出差錯，

讓其拳柔情，向她無限吐。

比其傾吐勝幾分，雄雞啼叫再相見。

普 克： 放心吧，仙主，一切將照辦。

（各下。）

第二場 林中另一處

（提泰妮婭及其眾仙子上。）

提泰妮婭： 來跳一支舞，唱首神仙曲，

三拆一分鐘，當已過其二，

最後時間裡，大家都散去；

各領任務去執行，殺死玫瑰苞中蛀，

戰敗蝙蝠剝翼革，來為仙子做外衣，

留下幾精靈，驅逐貓頭鷹，

夜夜吵鬧啼，驚駭小精靈，

現唱催眠曲，送我入夢鄉，

唱罷各司職，讓我暫休息。

眾仙子： （唱道）雙舌花蛇與刺猬，莫來光顧擾安睡！

蠑螈蜥蜴聲莫出，莫近仙后吵睡眠，

甜美夜鶯唱催眠。

睡吧，睡吧，甜甜睡，

睡吧，睡吧，甜甜睡。

無驚無擾也無唱。睡眠靠近美仙后，

伴以搖籃晚安睡，織網蜘蛛莫過來，

長腳蛛兒快走開，黑背甲蟲莫靠近，

蠕蟲蝸牛莫驚擾，甜美夜鶯唱催眠。

睡吧，睡吧，甜甜睡，

睡吧，睡吧，甜甜睡。

無驚無擾也無唱。

一小仙：走吧！現在一切都安好，

一人遠站立，留下做哨兵。

（眾仙子下，提泰妮婭睡。）

（奧伯龍上，將花汁滴在提泰妮婭眼皮上。）

奧伯龍：等你睡醒一睜眼，就見你的真心愛，

從此擔起相思債，山貓狗熊或豹子，

或者硬毛黑野豬，等你一醒就瞅見，

芳心自此為它戀，風流醜事將來臨。（下。）

（拉山德和赫米婭上。）

拉山德： 美麗心愛人，你我林中走，
疲乏快暈倒，說句老實話，
我忘從前道，要是你同意，
美麗赫米婭，讓咱稍休息，
天明再走吧。
赫米婭： 拉山德，就依你所願，你找安息處。
我枕這草堆，歇息我身軀。
拉山德： 一個枕頭一草皮，兩個胸膛一床眠，
雙棲雙宿一條心。
赫米婭： 不，親愛拉山德，為著我緣故，
再躺遠一點，不要挨得這麼近。
拉山德： 噢，親愛的！
你懂我的心，純真無惡意，
戀人心靈犀，通曉話中意，
你我心連理，枝枝相交織，
儼然成一體，永不相離分，
胸間繫盟誓，共守一忠貞，
無床供君寢，莫辭我睡旁，
因我如此睡，並無壞心腸。
赫米婭： 過慮拉山德，若我有猜忌，

疑你盡說謊，願其無端品，

更無人自尊，但我溫柔伴，

為愛兼有禮，請睡遠一點；

謙守人間法，分居適人言，

男女各束身，恪守未婚操，

此距已足夠，愛伴你晚安！

願愛永無改，直到白頭老！

拉山德：聲聲阿門祈禱愛！忠誠已去命該絕。

此處是我床；休憩我身軀！

赫米婭：半許入睡願，愛人闔眼睡！（二人入睡。）

（普克上。）

普　克：不見雅典人，尋遍此森林，

誰眼塗花液，催開花愛情。

靜寂此深宵——

誰人留此地？身著雅典裳，

主人所說正是他，狠心欺負美嬌娘，

讓其酣睡濕泥地，美麗佳人膽兒小，

不敢睡近負心漢，扼殺謙卑粗鄙人，

塗抹花汁上你眼，傾注魔力畏美人；

當你醒來時，讓愛上你眼，

從此禁此眠，永不消離散，

你醒我已去，因我須覆命，

告知奧伯龍。（下。）

（狄米特律斯和海麗娜奔馳而上。）

海麗娜：即便你殺我，但你請留步，

親愛的狄米特律斯！

狄米特律斯：斥你自離開，莫再糾纏我！

海麗娜：啊！棄我此黑夜？請莫如此做！

狄米特律斯：站住！你身處危險，我要獨上路。（下。）

海麗娜：唉！痴情追趕愛，使我氣難喘，

越是多祈求，越減我優雅，

幸福赫米婭，無論她在哪，

都有天賜迷人眼。她眼為何那麼亮？

不是常噙淚，如果是那樣，

比起她眼睛，我眼多含淚。

不，不，我樣似熊醜，我形見野獸，

嚇其自逃走；難怪狄米特律斯，

似見妖怪逃避我，欺人我鏡子，

滋生邪惡在我心，使我敢攀比，

眼似星星赫米婭；然而誰在此？

拉山德，躺在地！死了或睡著？

我看無血也無傷。

拉山德：（醒）赴湯蹈火願為你，溫柔可愛你生平，

玲瓏剔透海麗娜！透過你胸見你心，

鍾靈毓秀盡透美，哪存狄米特律斯？

嘿！消失難聽此名字，死我劍下多合適！

海麗娜：不要如此說，拉山德！不要如此說！

縱他愛你赫米婭，那有何關係？

上帝！那有何關係？然而赫米婭，

依然深愛你，因此你該心滿意。

拉山德：相伴赫米婭，我該心滿意？

不，悔恨我與她，共同度過乏味時，

我愛並非赫米婭，而是愛你海麗娜；

誰人不願意，烏鴉換白鴿？

男人心頭愛，理性常動搖，

理性告訴我，愛你更值得。

世間一切生長物，季節不到不成熟；

曾經年輕太幼稚，不夠理性不成熟；

今達人性能耐處，理性指揮我意志，

把我引到你眼前；曾經豐富愛傳奇，

從你眼睛盡可讀。

海麗娜：如此尖酸嘲，何處我能忍？

何時得罪你，應得這譏諷？

我落此田地，難道還不夠？

我不曾得到，也從沒得到，

狄米特律斯，可愛一微笑，

如此揭我短，一定輕視我。

善良忠實你，此處卻辱我，

你應多鎮靜，莫用鄙視眼，

向我來求愛，但是再見吧！

我曾經認為：你人有教養，

如今聽你言，不得不認錯。

唉！可憐這女子，剛遭一男拒，

怎忍他男又揶揄。（下。）

拉山德：路人海麗娜，沒見赫米婭。赫米婭，

你自那裡獨睡躺，再不走近拉山德！

一人太飽啖甜食，深深厭惡胃也生，

異端邪說惑人離，自此憎恨曾受騙，

你是異教與甜食，過量食用把我騙，

讓你盡遭人厭惡，但我比你更多點，

所有一切愛力量，帶走你愛與汝力，

賜予榮耀海麗娜，做其忠實勇騎士！（下。）

赫米婭：（醒）救救我，拉山德！

竭盡你全力，快來救救我！

摘掉這毒蛇，蠕動我胸膛，

哎呀我的天！我做何許夢！

來瞧我，拉山德，我因害怕而發顫。

彷彿一條蛇，嚼食我心房，

而你坐一旁，肆虐還獰笑。

怎麼！拉山德！走了嗎？拉山德！

怎麼！聽不見？走了？無語也無聲？

唉！要是你聽見，在哪應一聲！

憑著愛名義，請你說話呀！

我被此恐懼，幾乎嚇暈倒，

你卻不吭聲！明白你走了，

我將入黃泉，除非立見你！（下。）

第三幕

第一場 林中

（提泰妮婭熟睡未醒。）

（坎斯、斯納格、波頓、弗魯特、斯諾特、斯塔佛林上。）

波 頓： 人人都到了？

坎 斯： 是的，是的。

此般神奇地，練戲好地方，

草地做戲臺，山楂妝後臺，

似當公爵面，認真演一樣。

波 頓： 彼得·坎斯——

坎 斯： 好波頓，你說何許事？

波 頓： 在此喜劇裡，《皮拉姆斯和西斯貝》，

幾許細節處，難叫人滿意。

皮拉姆斯者，拔劍以自殘，

女士難接受，你將怎應對？

斯諾特： 憑著聖母名，不可鬧著玩。

斯塔佛林： 我說這自殺，當其諸事畢，可以略不演。

波 頓： 一點不礙事，咱有一法子，

準叫事圓滿，寫段開場詩，

大概如此說：咱劍不傷人，

說句實在話，自殺不為真，

做此妙聲明，告其實內情。

我是波頓那織工，並非真皮拉姆斯，

如此一聲明；她們自不受驚嚇。

坎 斯：好吧，就加此序言，寫成八六體。

波 頓：再加兩個字，成為八八體。

斯諾特：女士見獅子，會否嚇哆嗦？

斯塔佛林：保證會顫慄。

波 頓：列位，換位想一想：

帶來一獅子，（上帝保佑咱）

置其女士間，世間可怕事，

還能勝過此？沒有凶悍獸，

可比活獅子，我輩應兼顧。

斯諾特：如此再寫一序言，說他並非真獅子。

波 頓：不，你應道其名，

獅子頭頸邊，半露他臉面，

讓其說如此，以達同樣效，

「女士小姐們，咱希望、

請求和懇求你們，莫要害怕莫發抖，

咱的生命在你手，如若我是真獅子，

生命不保來此地。

我非此獸物，與人無相異。」

讓其自報名，明白告眾人，

他是細工匠，木匠斯納格。

坎 斯： 好吧，就按他說辦。

但有兩難事：一要借月光，

使其進屋來；因你亦知道，

皮和西相見，就在月光下。

斯納格： 演戲那晚上，天上可有月？

波 頓： 日曆，翻日曆！查看曆書上，

是否有月亮？

坎 斯： 有的，那晚有月亮。

波 頓： 打開大廳頂天窗，當咱演戲那夜晚，

自有月光入窗來。

坎 斯： 或者點柴枝，手舉一燈籠，

登場說來意，假扮代月亮。

還有另一事，大廳應有牆；

因其故事說，皮和西說話，

透過牆縫話彼此。

斯納格： 搬牆進屋不可行。

波頓，你有何話要說？

波 頓： 讓人扮牆頭；身塗灰泥土，

表明是牆頭；讓其用手指，

如此留縫隙，皮和西耳語，

就穿指縫隙。

坎 斯：如果那般做，一切已備齊，

每個天下兒，都坐這兒來，

各念其臺詞，皮拉姆斯你開頭，

當你說完詞，就進那簇樹，

大家按尾白，挨次說下去。

（普克自後上。）

普 克：那群凡夫子，敢在仙后臥榻旁，

自鳴得意弄口舌，自稱在演戲！

讓我聽戲吧；要是有機會，

我也要當演員哩。

坎 斯：說吧，皮拉姆斯。西斯貝，站起來。

波 頓：西斯貝，花兒開得刺鼻腥——

坎 斯：刺鼻香，刺鼻香。

波 頓：——開得刺鼻香；因帶你氣息，

親愛西斯貝，可愛添幾分，

聽那音樂聲，你停且稍等，

我將去一下，待會再重來。（下。）

普 克：請看皮拉姆斯，變成妖精了。（下。）

弗魯特：現在該我說了吧？

坎 斯：是該你說了，不過你知道，

弄清何聲響，馬上他回來。

弗魯特：皮拉姆斯煥容光，冰清玉潔皮膚上，

洋溢玫瑰荊紅印，似如活潑雛鳥色，

也如可愛猶太面，真心效忠似良馬，

勿使主人增困乏。皮拉姆斯俺伊人，

寧尼墳頭咱相會。

坎 斯：「尼納斯墳頭」，老兄。皮拉姆斯你答應，

有話為何不說出，立刻一一道出來，

管它序言或尾白，待得皮拉姆斯來；

你那尾白已說完，莫費時光人勞累。

弗魯特：噢，「真心效忠似良馬，勿使主人增困乏。」

（普克重上；波頓戴驢頭隨上。）

波 頓：西斯貝，如若我英俊，也只屬於你！

坎 斯：噢，妖怪！噢，奇怪！咱們見鬼啦！

上帝保佑咱，快逃！上帝！救命哪！（眾下。）

普 克：我將跟隨你，帶你兜圈子，

走過沼澤又草叢，穿過樹林又林藪；

有時化作馬，有時變獵犬，

時變沒頭熊，野豬或磷火；

時學馬樣嘶，犬樣吠，豬樣嗅，

野火燃燒熊咆哮。（下。）

波 頓：為何都逃走？準是流氓計，

要嚇咱一跳。

（斯諾特重上。）

斯諾特：啊，波頓！為何此模樣！你戴何許物？

波 頓：你見何東西？瞧你臉發白，

緣似一蠢驢，何由竟如此？

（斯諾特下。坎斯重上。）

坎 斯：天哪！波頓！天哪！你變啦！（下。）

波 頓：看透他們鬼把戲；要把咱當一蠢驢，

想出法子來嚇咱，可咱不中其陰謀，

讓其肆意演其戲，咱要在此散散步，

唱個歌兒讓其曉，我自愜意心不懼。

（唱）山烏嘴巴黃澄澄，渾身羽毛黑黝黝，

畫眉音符語深沉，鷦鷯硬羽護弱羽。

提泰妮婭：（醒）何般天使語，從我花床喚醒我？

波 頓：（唱）鶺鴒麻雀鳥百靈，啼血杜鵑聖歌唱，

誰人音符眾意含，都說否來無人應。

確實無人自尋惱，與此蠢鳥鬥嘴角。

從來杜鵑不如此，誰人把謊教會鳥。

提泰妮婭：溫柔凡人祝福你，請你續唱悅耳曲！

我耳沉醉你音符，你那外貌我眼惑；

初次見面時，你那內品質，

使我楚動容，不禁發誓言，

說我愛上你。

波 頓：我說這婦人，您可不理智。

不過說實話，當今世界上，

理性愛情難相聚；世俗常遺憾，

鄰人難真誠，真心搭橋做友伴，

不，我有時也會說說笑。

提泰妮婭：你真的既聰慧又英俊。

波 頓：不見得，不見得。

我若能出這林子，

那才真正有本事，

贏得此譽才夠格。

提泰妮婭：無論多渴望，請莫出此林，

即使凋朱顏，你亦應留此，

我非普通仙，夏天聽我令，

你應隨我去，我心真愛你，

賜你神仙使，讓其服侍你，

其願潛深海，為你撈珍寶，

當你睡花茵，為你歌催眠；

為你洗粗劣，脫去凡人胎，

使你似精靈，身輕自由行。

豆花！蛛網！飛蛾！芥子！

（四神仙上。）

豆 花：在。

蛛 網：在。

飛 蛾：在。

芥 子：在。

四 仙：（合）差俺何處去？

提泰妮婭：逗其玩耍迷其心，親切友善待此人，

無花青果紫葡萄，食其杏子莓桑葚，

偷採野蜂甜蜜囊，剪下蜂股做燭炬，

點燃燃燒螢火眼，晨興夜臥照愛人，

摘下彩蝶粉妝翼，輕輕搖他讓其醒，

向其致禮眾仙子。

豆 花：吉祥，凡人！

蛛 網：吉祥！

飛 蛾：吉祥！

芥 子：吉祥！

波 頓：承蒙崇拜，極為僥倖，敢問您尊號？

蛛 網：蛛網。

波 頓：期待與您交朋友，好蛛網先生；

要是手指被割破，我將斗膽用用您。

這位尊貴人，請問您雅號？

豆 花：豆花。

波 頓：祝福您，

豆莢夫人您母親，豆殼先生您父親，

替我向其致問候，好豆花先生。

咱也很期待，與您交朋友。

先生，敢問您雅號？

芥 子：芥子。

波 頓：好芥子先生，您富忍耐我知曉，

那個龐物食用牛，表面雖怯懦，

許多你同胞，被其吞噬你居所，

您和您親戚，使我眼睛滿淚水，

期待與您更相知，好芥子先生。

提泰妮婭：過來侍候他，引他到閨房，

月亮水晶明，皎似濕潤眼，

當她哭泣時，花兒也濺淚，

因遭橫強暴，失貞而傷悲，

堵住愛人口，悄悄帶他來。（同下。）

第二場 林中另一處

（奧伯龍上。）

奧伯龍：我想提泰妮，

如果她醒來，當其睜雙眼，

何物先入目，她將痴情愛。

（普克上。）

奧伯龍：這來我使者，

瘋狂那仙后，現在她如何？

在此幽樹林，夜裡做何事？

普 克：我們女主人，愛上一怪物，

當其深睡熟，神聖臥榻旁，

來群村野漢，粗陋又死板，

雅典貨攤間，為食而工作，

聚集排練戲，打算結婚日，

獻給忒修斯，在此蠢貨間，

一個愚蠢材，扮演皮拉姆斯；
當其退出場，走進一叢林，
我見此機會，給其罩驢頭。
他許西斯貝，一會就回來，
當其瞧見他，變驢向前來，
就像野天鵝，望見躡足捕獵眼，
又像群灰鴉，聽見槍聲轟然起，
四散自逃離，慌亂失常掠天堂，
見了此光景，同伴個個飛逃離，
在我羈絆下，一個一個栽跟斗，
盡呼有謀殺，呼喊雅典來救助，
神智因此弱，恐懼因此卻驟升，
缺魂又少智，使人開始錯重生。
野茨和荊棘，抓破其衣服；
有的失袖子，有的落帽子，
從那屈服者，物物可索取。
在此驚惶中，我領其離去，
獨留可愛人，變樣皮拉姆斯，
就在那時候，醒來提泰妮婭，
立刻愛上那驢子。

奧伯龍： 此般你陷阱，比我設計好，

但你卻沒有，依照我吩咐，

把那愛汁液，滴眼雅典人？

普 克： 當其睡熟時，我已盡辦好，

那個雅典女，就在他身旁，

當他醒來時，睜眼必看她。

（狄米特律斯和赫米婭上。）

奧伯龍： 過來看清楚，就是這個雅典人。

普 克： 這女是不錯；但那男士可不是。

狄米特律斯： 曾經愛你人，為何要辱罵？

讓你惡毒罵，都落仇敵家。

赫米婭： 我僅數落你，還有更刻薄，

熟睡拉山德，要是死你手，

對你我恐怕，詛咒有緣由，

腳踏血泊中，索性沒膝蓋，

把我也殺害。太陽照晝這真實，

就如他對我的愛，他會悄然離她去，

見愛伊人熟睡中，寧信地球中有空，

月亮偷偷穿此空，觸怒兄長太陽光，

也不信其會如此。

一定就是你，把他謀殺死，

看你蒼白臉，盡透謀殺心。

狄米特律斯： 被殺人表情，正是我顏面，

你那殘酷語，洞穿我心房，

而你殺人者，表情似金星，

明亮又清晰，遠照眾星星。

赫米婭： 你說此般話，何係拉山德？

他人在何處？狄米特律斯，

把他還我吧！

狄米特律斯： 寧把他屍體，餵我那獵犬。

赫米婭： 滾開，惡狗！滾開，混蛋！

女孩多忍耐，被你逼極限，

從今再往後，不可算作人，

啊，看在我面上，告我，告我事真相，

是否看到他，睡著躺在那？

睡中把其殺，你可真勇敢，

蠕蟲毒蛇輸於你，毒蛇比你多條舌，

不及你心更險惡。

狄米特律斯： 你發此脾氣，著實無緣由，

沾血拉山德，我尚無此罪，

照我所知道，他還沒死去。

赫米婭：那我請求你，告我他很好。

狄米特律斯：若我告訴你，我將何所得？

赫米婭：一個特別權，再不見到我，

離你可憎臉，無論死與活，

自此不相見！（下。）

狄米特律斯：在此盛怒中，莫再跟她去，

讓我稍停留，暫得片時休。

劇烈悲痛急膨脹，睡眠破產因悲欠，

黑暗甜鄉暫尋訪，還些不盡糊塗帳。（躺下睡去。）

奧伯龍：你幹何許事？犯下此錯誤，

真心戀人眼，錯把愛汁抹，

由於此錯誤，事情將更糟，

真愛變心腸，錯誤仍依舊。

普 克：一切命中有注定；一人堅守萬人棄，

誓言越發越虛假。

奧伯龍：尋訪此樹林，比風更迅疾，

找到海麗娜，身穿雅典衣，

為愛心憔悴，蒼白臉無色，

存愛常太息，耗去新血色，

施些你幻景，引她到此來，

當他一出現，賜其眼生魅。

普 克： 我去我去瞧我去，

韃靼人飛箭，不比我迅疾。 （下。）

奧伯龍： 花兒紫色染，愛神矢上箭，擊沉玫瑰眼。

當愛眼前現，周身環金光，金星長空芒，

當其睡夢醒，她若在身旁，定求她原諒。

（普克重上。）

普 克： 啟奏仙界我聖主，此地已到海麗娜，

錯滴花汁那少年，正求愛人答應他。

瞧那痴情愚昧狀，好個世俗蠢傻瓜！

奧伯龍： 讓其站開些；他們那聲音，

熟睡狄米特律斯，將要被驚醒。

普 克： 兩男同追一女孩，這戲原本需單演；

這些荒謬顛倒事，著實令人笑破腸。

（拉山德和海麗娜上。）

拉山德： 求愛似奚落，為何你這想？

嘲笑和戲謔，從來不伴淚；

瞧我發誓時，滿載哭泣淚，

在那基督生，所有真理現，

在我真實事，在你怎藐視？

明有信標記，為何你哂笑？

海麗娜：你那欺騙戲，越來越神似。

如若真話相矛盾，神聖箴言亦折損，

此誓單屬赫米婭，難道你要拋棄她？

對她對我兩誓言，各置天平稱稱看，

並無輕重你誓言，都似空話無份量。

拉山德：當我向其起誓時，我無一見識。

海麗娜：照我心中所能想，現在你把她拋棄，

也不像是有見識。

拉山德：狄米特律斯愛她，但他並不愛著你。

狄米特律斯：（醒）哇！海麗娜，完美女天神！

聖潔天仙子！我的心愛人，

我用何許物，比作你眼秀？

水晶太渾濁。噢，展示那成熟，

櫻桃唇吻痕，增長其誘惑！

當你舉妙手，高高托羅[1]雪，

聖潔凝雪白，沐浴東來風，

發出嗚嗚聲，讓我吻一吻，

潔白公主手，幸福此象徵！

① 托羅：即托羅斯山脈，土耳其南部巨鏈形山脈，與地中海沿岸平行。其主峰大阿勒山峰頂終年積雪。

海麗娜：噢，可惡！該死！我能意識到，
你倆捉弄我，假如有教養，
懂禮又紳士，請莫把人傷，
你能不恨我？我知你恨我，
但此因何起，聯合譏諷我？
如若男子漢，應學士風度，
對待弱女子，不應如此做，
發誓又賭咒，過譽我好處，
但我可斷定，你們都恨我，
你們是情敵，同愛赫米婭，
現在卻聯手，共嘲海麗娜，
行為好紳士，幹得挺利索，
奚落弱女子，逼其雙淚流，
絕無高尚士，欺凌一貞女，
奪其忍耐志，去尋自歡愉。
拉山德：你也太殘忍，狄米特律斯，
不要如此；你愛赫米婭，
你知我知你，曾愛赫米婭，

心頭她地位，好意讓於你，

我愛海麗娜，請你讓於我，

曾經你拋棄，我將愛到死。

海麗娜：不曾有過嘲笑者，浪費口舌竟如此。

狄米特律斯：拉山德，留著你那赫米婭，

自此再不要；要是我曾愛，

那愛已消失，我心愛孤帆，

曾駐她港灣，現已回家園，

永駐海麗娜，從此不離去。

拉山德：海麗娜，他心非如此。

狄米特律斯：信仰你不知，不要生刁難，

免得遭災禍，補償你過失，

瞧！你愛那邊來，那乃你真愛。

（赫米婭上。）

赫米婭：黑夜使人眼，失去其作用，

但使耳聽覺，靈敏更聰榮，

雖其削視覺，加倍聽覺聰，

不是靠我眼，尋你拉山德，

但謝我耳朵，使我識你聲，

為何這殘忍，如此棄我去？

拉山德： 為何他愛應停留，愛情何必太強求？

赫米婭： 何種愛情魔，搶走我所愛？

拉山德： 愛情拉山德，使他腳不停，

美麗海麗娜，光彩照夜天，

使得繁星夜，黯然眼失色。

為何來尋我？難道還不知，

我因厭惡你，才棄你如此？

赫米婭： 你說違心話，不會是如此。

海麗娜： 上帝您看哪！他們是同夥，

現在我明白，他們三聯手，

在我顏面前，上演嘲弄戲，

欺人赫米婭！最無良心輩！

竟然設陰謀，如此來害我，

誘以甜言語，殘忍奚落我，

曾經相置腹，一切共榮辱，

孩童歲易逝，時光匆匆過，

在此分別間，見證姊妹誓，

所有此一切，難道全忘記？

所有同學誼，一切童真義，

盡拋後腦勺，我與赫米婭，

像兩巧手神，同繡一朵花，
共描一圖樣，同坐一椅子，
同吟一歌謠，就像同肢體，
賦予同心聲，彼此密不分。
我們同生長，並蒂如櫻桃，
看似可分離，其實密難分，
可愛兩草莓，結在同根藤，
雖是兩軀體，卻長一顆心，
其一如衣裳，紋理皆如一，
皇家飾紋章，合二而為一。
前朝舊友誼，難道你不顧？
聯合此臭男，嘲笑可憐友，
此等無情舉，不合少女身，
由此受責備，非我亦同仁，
雖然受委屈，僅我此一人。
赫米婭：你的憤激話，令我很吃驚，
我非嘲弄你；反似你嘲我。
海麗娜：如若不嘲我，誰使拉山德，
跟蹤奉承我，說眼又讚臉，
你那另愛人，狄米特律斯，

曾要腳踢我，現卻心容改，
稱我神仙子，神聖又稀罕，
珍貴天宮人，對於他所恨，
為何說如此？為何拉山德，
靈魂滿是你，竟棄你的愛，
對我獻殷勤，還說真如此，
倘若你不許，事先沒商議，
他能如此做？我無人愛憐，
不如你運好，被人追不捨，
即使倒霉透，為愛多付出，
卻無愛回報，但你應憐憫，
而非嘲弄我。
赫米婭：你話啥意思，我可真不懂。
海麗娜：好，儘管裝下去，假扮一苦臉，
等我剛轉背，向我做嘴臉；
為此甜笑話，彼此使眼色，
這戲設得好，將登歷史冊，
假若你同情，懂得好禮貌，
寄予此笑柄，一半我不好，
生離或死別，不久便補償。

拉山德：停下莫要走，溫柔海麗娜！

聽我來解釋，你是我所愛！

你是我生命！你是我魂靈！

美麗海麗娜！

海麗娜：多麼動聽語！

赫米婭：親愛的，不要取笑她。

狄米特律斯：若非她懇求，不能阻止你，

我將強迫你，閉你烏鴉嘴。

拉山德：她那懇求無力量，你那強迫無濟事，

你那威脅多蒼白，與她祈求同無力，

海倫我愛你！憑著生命我愛你！

如若失去你，我願發誓像如此：

我願用生命，證明不愛是說謊。

狄米特律斯：我說我愛你，比他勝幾分。

拉山德：要是說如此，拔劍來證明。

狄米特律斯：趕快，你來呀！

赫米婭：拉山德，為何一切竟如此？

拉山德：走開，你這黑皮鬼！

狄米特律斯：不，不——

不能趁鬆懈，伺機自逃走，

如若有本事，隨我這邊來，

但若不敢來，你是無能輩。

拉山德：（向赫米婭）鬆手你這貓！

你這牛蒡子！賤貨放開手！

否則我要甩掉你，就像身上那蟒蛇。

赫米婭：為何變得這粗魯，何物改變此一切，我的心愛人？

拉山德：你的心愛人！走開，黑褐臭韃子！

走開！走開，你這惡心藥，

你這惡毒液，快給我滾開！

赫米婭：你能不開玩笑嗎？

海麗娜：是的，挺逼真，你也開玩笑。

拉山德：狄米特律斯，我將堅守我諾言。

狄米特律斯：我已找到你羈絆，知有柔情牽繫你，

我將不會相信你！

拉山德：什麼！難道要傷她，打她、殺死她？

雖然我恨她，不致這殘忍。

赫米婭：啊！還有何許事，

比你恨我更殘忍？厭恨因何起？

天哪！究竟出何事，我的心愛人？

難道我非赫米婭？難道你非拉山德？

現在我模樣，仍似不久前，

昨夜還愛我，今夜就棄我，

為何離開我？諸神應不許，

誠摯且認真，我應言何語？

拉山德：對，憑著我生命，再也不願看到你，

因此你可斷念頭，莫要疑心莫猶豫，

千真萬確我話語：

厭你而愛海麗娜，一點亦不開玩笑。

赫米婭：噢，我的天哪！你這大騙子！

你這花潰瘍，你這愛情賊！

順手牽羊趁黑夜，盜走愛人愛我心。

海麗娜：真是妙極了！天生女兒家，

竟無羞恥心，不曉情為難，

亦不潔身愛。真是可悲哪！

挑戰我忍耐，逼我口出髒。

呸！呸！你這偽君子，你這小玩偶！

赫米婭：小玩偶！

為何這樣說？原來是如此，

現在我明白，把身跟我比；

自恃生得高，以她那身腰，

高挑好身段，贏得他喜好，
因我生得矮，你高得稱讚，
我有多麼矮？你這粉花棒！
請問有多矮？我非矮得糟，
挖你眼珠子，尚且搆得著。
海麗娜： 先生們，雖然你們嘲弄我，
但我求你們，別讓她傷我，
潑婦愛罵街，我無那天資；
不曾使性子，不懂怎鬧架；
我是良家女，膽小又怕事。
莫讓她打我。 更莫自認為，
因為她矮些，與她相較量，
就能贏了她。
赫米婭： 又是生得矮！聽哪又來了！
海麗娜： 莫要來恨我，善良赫米婭！
永遠我愛你，真的赫米婭，
有事總跟你商量，從來不曾傷害你，
除了這次得罪你，因愛狄米特律斯，
把你蹤跡告訴他，說你私奔到這裡。
他為愛情尋找你，我為愛情把他追；

但他因此斥罵我，用打用踢把我嚇，

甚至要將我殺死，現在讓我悄離開，

讓我不再跟你們，自帶愚痴回雅典。

讓我逕自離開吧，瞧我多傻多痴心！

赫米婭：要走你便走，誰會攔著你？

海麗娜：一顆痴情心，願我留此地。

赫米婭：什麼，留給拉山德，是不是？

海麗娜：不，留給狄米特律斯。

拉山德：莫怕海麗娜，她不傷害你。

狄米特律斯：不，先生，即使你幫她，也傷不到她。

海麗娜：當她發起怒，又辣又兇狠。

當她上學時，就是母老虎；

雖然她很小，但卻很凶悍。

赫米婭：除了矮和小，不曾說其他，

誰能承受她，如此輕視我。

就讓我，跟她拚命去。

拉山德：讓你快滾開，你這矮痞子！

你這軟屬花，侏儒小不點！

你這小珠子！你這矮橡子！

狄米特律斯：當她莫做作，亦莫獻殷勤，

讓她獨自去，莫提海麗娜，

莫為她撐腰，要是再如此，

哪怕獻微詞，須得付代價！

拉山德： 現在她已不纏我；

要是你有膽，馬上跟我來，

試看海麗娜，究竟屬於誰。

狄米特律斯： 跟著你！不，

我要和你一起走，齊頭並進肩並肩。

（拉山德和狄米特律斯下。）

赫米婭： 你這第三者，一切紛擾因你起。

喂，你別跑啊！

海麗娜： 我不相信你，你這同伴牛脾氣，

使我不敢再來此。

真要打起架，你手比我快；

但我腿長些，更易躲開你。 （下。）

赫米婭： 這簡直莫名其妙，不知說何好。 （下。）

奧伯龍： 這是你疏忽，仍是你犯錯。

或耍流氓行，故意在搗亂。

普 克： 仙王相信我，是我弄錯了，

不是你告我，只要那男兒，

穿著雅典衣，就是那人兒，

如果是這樣，我做當無咎，

我將那花汁，滴眼雅典人，

事情成這樣，我也蠻快活，

當看其吵嚷，別有一番趣。

奧伯龍：你看兩情敵，尋地決鬥去，

因此羅賓你，快去把天覆，

用那濃黑霧，遮蓋全星天，

引導此情敵，迷路取道難。

學舌拉山德，痛罵德膽怯，

時學德聲樣，斥責拉山德，

用此欺騙法，把其各分開。

直到精力竭，睡眠把身纏，

身拖蹣跚腿，蠕動似蝙蝠；

擠出這草汁，塗眼拉山德，

這汁德行好，能去此錯誤，

使他眼珠子，恢復從前樣，

等其醒來後，一切嘲笑景，

竟似一場夢，空虛似幻境；

其將回雅典，訂下白頭盟，

讓愛駐彼此，到死永不改。

當你做此事，我去訪王后，

向她討孩子；解其眼幻覺，

驅除怪物形，所有一切事，

和平來解決。

普 克： 我的仙界主，這事須趕早，

黑夜駕飛龍，不久將破曉，

天邊曙光泛，黎明先驅到；

在其路途邊，鬼魂四遊跑，

家鄉與墓地，集隊以成行，

見其已來到，各奔返殯宮，

在那十字道，洪水葬幽靈，

它們蛆蟲床，因其醜陋容，

以免見天日，早已去不返，

他們多任性，被光多流放，

與其常相伴，唯有黑夜長。

奧伯龍： 我們是精靈，與其並不同，

懷揣晨曦愛，清晨常運動，

就像守林人，常踏樹林草，

即使東方門，太陽把天燒，

晴朗神聖光，打開星海王，

把那萬金光，變為清溪流，

仍然太倉促，莫要再耽誤，

天亮前事業，將要受影響。（下。）

普 克：奔到這邊來，奔到那邊去；

我要帶他們，奔來又回去，

樹林和村鎮，何人不怕我，

我要帶他們，走盡林中道。

這兒來一個。

（拉山德重上。）

拉山德：現在你在哪，傲慢狄米特律斯？

你說話呀！

普 克：混蛋，在這兒；拔出你的劍，

時刻準備著，你在哪裡呀？

拉山德：我要立刻趕上你。

普 克：那麼跟我來，到那平穩地方去。

（拉山德隨聲音下，狄米特律斯重上。）

狄米特律斯：拉山德，你再吱聲呀！

你這懦夫就逃跑！你莫逃走呀？說話呀！

躲在樹叢裡？你那龜頭藏在哪？

普 克： 你這怯懦夫！光向星星誇海口，

又向樹林下挑戰，卻又不敢跟過來？

過來卑怯漢！過來你這龜孫子！

用那鞭子斥責你，跟你比劍玷汙我！

狄米特律斯： 啊，你在那邊呀？

普 克： 跟著聲音來；我們找個無人地。（同下。）

（拉山德重上。）

拉山德： 他在我前頭，總是激將我，

要我跟上前；等我剛走到，

那兒他叫嚷，他又逃離開。

這個大壞蛋，比我身矯健，

雖我追得快，但他逃更快，

黑暗崎嶇路，常使我絆倒。

讓我在此暫休整。（躺下）你回來吧，

溫和白晝天！只要你天穹，

賜我一線光，我將找到他，報復此仇恨。（睡去。）

（普克和狄米特律斯重上。）

普 克： 哈！哈！哈！懦夫！為何不跟來？

狄米特律斯： 要是你有膽，等我你別跑；

你在我前面，你心我明瞭，

從這竄到那，不敢停下來，

也不見我面，現在你在哪？

普 克：過來我在這。

狄米特律斯：不，你在嘲弄我。

要是天亮了，看見你面孔，

你將為此付代價。現在，你自己去吧！

疲倦侵襲我，這塊冰冷地，

可容我身軀，待到白晝臨，

再去尋訪他。（躺下睡去。）

（海麗娜重上。）

海麗娜：噢這疲乏夜！噢這冗長夜！

削減你時辰！光亮東方慰，

我好借晨光，回踏雅典程，

離開我同伴，免得遭人恨。

睡眠時舒心，關閉眼傷悲，

從我那同伴，暫偷片休整！（躺下睡去。）

普 克：兩男與兩女，四個成雙對，

三人已在此，另一在何處？

那裡她來了，滿臉愁和苦，

愛神真頑皮，愛惹人惱怒！

（赫米婭重上。）

赫米婭：從來不曾這疲乏，從來不曾這心傷！

我身沾滿濕露水，荊棘抓破我衣裳，

想爬爬不動，走也走不遠，

我這兩條腿，不聽我使喚，

讓我先休息，直到太陽升，

要是他們真決鬥，願天保佑拉山德！（躺下睡去。）

普 克：地床上，睡正酣，將神藥，滴眼上，

柔情似水全消亡。（擠花汁於拉山德眼上）

醒來見，舊人臉，樂滿心，情難忘，

從此歡愛意綿綿。古語俗話說得妙，

青菜蘿蔔各喜好，等你醒來就知曉，

阿妹終得阿哥愛，兩人自此無嫌猜，

失愛人兒復得愛，結果完美一切好！（下。）

第四幕

第一場 林中

（拉山德、狄米特律斯、海麗娜、赫米婭酣睡未醒。

提泰妮婭及波頓上，眾仙隨侍；奧伯龍緊隨其後。）

提泰妮婭：過來，坐在這花床。

你那和藹臉，故作假害羞，

在你光滑頭，插上香玫瑰；

吻你美麗大耳朵，我的溫柔小可愛！

波 頓：豆花在哪呢？

豆 花：在。

波 頓：豆花，替咱搔搔頭。蛛網先生在哪裡？

蛛 網：在。

波 頓：先生，蛛網好先生，

備好手中器，在那薊草尖，

野蜂紅屁股，替我把牠殺，

然後好先生，帶回牠蜜囊。

在你行事間，可別太性急，

先生，好先生，當心別把蜜囊兒，

給我弄破了，我可不情願，

在那蜜囊裡，把您淹死了。

先生，芥子先生在哪裡？

芥 子：在。

波 頓：給我您的手，好芥子先生。

請您不要太多禮，好先生。

芥 子：你有何吩咐？

波 頓： 也沒什麼事，好先生，

可否幫蛛網，替咱搔搔癢？

咱得去理髮，先生，

因為咱臉上，感覺毛得很。

咱是敏感驢，要是一根毛，

把咱觸癢了，就得撓一撓。

提泰妮婭： 要不聽些音樂吧，我的心愛人？

波 頓： 咱懂些音樂，讓咱敲鑼又打鼓。

提泰妮婭： 親愛的，你說說，想吃點啥？

波 頓： 真的，來捆芻秣吧！您那乾燕麥，咱可大力嚼，

咱有強烈欲，吃捆您乾草，可口又美味，再無他可及。

提泰妮婭： 我有斗膽仙，可到松鼠窩，取些新栗來。

波 頓： 咱願一兩把，可口乾豌豆，但是謝謝您。

吩咐您僕人，莫要驚擾我，

我那瞌睡蟲，已經來找我。

提泰妮婭： 你睡吧，我用雙臂懷抱你，

去吧，仙子們，各自盡散去。

（眾仙下。）

芬芳金銀花，物屬忍冬族，

溫柔自纏繞；雌性常春藤，

如此做纏繞，似榆樹皮手。

啊，愛你多麼深！溺你那麼沉！（同睡去。）

（普克上。）

奧伯龍：（上前）歡迎你，好羅賓！

你可真看見，那般可愛景？

她那溺愛相，現我生憐憫。

剛才樹林後，正巧遇見她，

為此可恨物，找尋甜蜜愛，

我就譴責她，跟其相爭吵，

因其多毛額，戴著花冠環，

清新又芬芳，花蕊墜露珠，

晶瑩又飽滿，似那東方寶明珠。

花枝可愛眼，眼淚盈眶滿，

悲痛其恥辱，眼淚泣連連。

當我罵舒心，她以溫和語，

懇求我息怒，於是我乘機，

向其要喚兒，隨即她便諾，

差其那仙侍，護他到寢處，

現在擁此兒，解其眼中惑。

我的好普克，揭下村夫蓋，

使其復原形，重歸雅典樣，

等其同伴醒，一起回雅典，

把此一切事，當作一夢魘，

首先這仙后，幫其解魔咒。（以草觸其眼）

恢復你本性，看你想看物；

黛[1]花覆蓋邱比[2]花，有此力量賜祝福，

我的提泰妮婭，現在你醒醒，親愛我王后！

① 黛：黛安娜。

② 邱比：邱比特。

提泰妮婭：我的奧伯龍！

無稽荒誕景，我在夢中見！

一頭蠢驢子，我竟愛上它。

奧伯龍：那邊躺著你愛人。

提泰妮婭：一切此事情，經過似如何？

噢，現在他樣子，我看多厭惡！

奧伯龍：稍微靜一靜，羅賓，揭下他頭殼。

提泰妮婭，奏起音樂來，吵醒這五人，

全然無知覺，睡得像死人。

提泰妮婭：音樂，奏音樂，就如催眠搖籃曲！（音樂依舊。）

普 克：等你一覺醒來，用你傻眼睛，窺探此一切。

奧伯龍：聲聲樂曲起！來，我的好王后，

讓咱攜手一路行，讓咱用舞蹈，

震醒這些睡生靈，現在我與你，

重新言好如當初，明天夜半時，

一同到那公爵府，凱旋莊嚴弄舞姿，

祝福其家多繁榮，讓此兩對真心愛，

偕同公爵忒修斯，同舉婚禮同歡喜。

普 克：仙王您快來，宣布清晨到，

真的我聽見，雲雀歌聲謠。

奧伯龍：我的好王后，悲哀聲寂靜，

作別夜黑影，讓咱共旅行，

相伴繞地球，快過流浪月。

提泰妮婭：夫君您過來，在咱旅路途，

告我昨晚事，在我睡覺地，

後被你找到，我與世俗軀，

發生何許事。（同下。幕內號角聲。）

（忒修斯、希波利塔、伊吉斯及侍從上。）

忒修斯：你們誰能去，找到林中民，

現在五月節，如荼正進行，

因咱正處在，一天那早晨，

我叫咱愛人，聽得獵犬樂，

在那西山谷，解開任馳騁，

我要快派遣，去找林中民。

（一侍從退出）

美麗仙王后，咱將到山頂，

獵犬嗥鳴吠，應和山回聲，

記下此等交織樂。

希波利塔： 赫拉克勒斯[①]和卡德摩斯[②]，

在那林中克里特[③]，曾與他們同行獵，

帶著獵犬斯巴達[④]，追趕咆哮巨黑熊，

那般雄壯斥責聲，從來不曾聽到過；

除了那叢林，天空及群山，

周圍所一切，似乎相呼鳴。

錯雜和諧美，不曾聽樂似如此。

① 赫拉克勒斯：希臘和羅馬傳說中最著名的英雄，以力大無窮著名。

② 卡德摩斯：腓尼基王子。

③ 克里特：地中海東部島嶼，希臘神話中發源地，希臘文化搖籃。

④ 斯巴達：古希臘城邦，這裡是獵犬的名字。

忒修斯： 我那獵犬種，也屬斯巴達，

如此迅敏捷，如此沙黃毛，

頭懸兩垂耳，掃落清晨露，

彎曲那膝骨，舔露似公牛，

追逐挪移慢，但嗥如洪鐘，

聲聲嗥鳴吠，彼此協調中，

不管克里特、斯巴達或塞薩利，

不曾嚷叫喊，亦不號角而歡呼，

聽音你自斷。

但是你且慢！這些何等仙？

伊吉斯：公爵，這是我女兒，躺在這裡睡著了，

這是拉山德；狄米特律斯，

這是海麗娜，奈達老人女，

不知盡為何，他們都在這。

忒修斯：他們早起無疑問，一定是守五月節，

因其聞知咱意圖，來這享受典恩澤。

對了，伊吉斯，今是不是那日子，

抉擇赫米婭，應該給答案？

伊吉斯：是的，公爵。

忒修斯：去，命令獵人們，吹起號角驚其醒。

（號角及吶喊聲起；拉山德、狄米特律斯、赫米婭、海麗娜四人被驚醒）

早上好，朋友們！已經過了情人節，

你們這林鳥，怎麼現在才配對？

拉山德： 請恕罪！公爵大人。

忒修斯： 你們都平身！

我知你們倆，冤家又對頭，

怎麼變和睦，相處同一地，

不是單嫉妒，而是深憎惡。

懷恨睡一起，不再怕仇敵？

拉山德： 公爵咱大人，我的這回答，

令人很吃驚，半醒又半睡，

但是我發誓，確實真心話。

我真不知道，為何在這裡，

但是我在想———說的是實話，

現在記起了，一點也不錯，

我同赫米婭，打算到這來，

逃出雅典城，到那自由地，

避這殘酷律。

伊吉斯： 夠了，夠了，你說太多了。

我請求依法，依法懲辦他，

他們有預謀，打算私奔逃，

狄米特律斯，其用欺弄法，

擊敗你和我，使你結髮妻，

以及我諾言，落空此一切。

狄米特律斯：公爵，美麗海麗娜，告我其逃離，

因為此目的，我到此樹林，

我在盛怒中，追其這兒來，

痴心海麗娜，追我這裡來，

但是咱公爵，不知何種力——

但卻有種力——至愛赫米婭，

似雪竟消融，現在回想起，

就似閒暇物，轉而成記憶，

就像童貞時，曾經所喜歡，

所有我忠信、心中美德操，

眼中美海倫，歡樂榮我眼，

所有我心思，僅屬海麗娜，

未識赫米婭，曾與訂婚約，

就如人生病，厭棄此珍饈，

等其復健康，恢復常胃口，

現在我求她，珍愛並渴求，

我將到永遠，更加忠愛她。

忒修斯：真心戀人兒，你們遇得巧，

對於這故事，我將聽你道，
那麼伊吉斯，只好委屈你；
陪咱去神廟，這些夫妻對，
永結鴛鴦好，現在清晨將過去，
咱們行獵此為止，跟咱一起回雅典；
三三成雙對，咱要設宴席，
莊嚴又肅穆。來，希波利塔。
（忒修斯、希波利塔、伊吉斯及侍從下。）
狄米特律斯：這事太微妙，讓人難捉摸。
赫米婭：我把這些事，看得太片面，
而其每一事，復簡兩重天。
海麗娜：我亦這樣想！
狄米特律斯，我得如寶石，
似乎是我的，好像又不是。
狄米特律斯：你能真確定，我們都醒著？
而我卻覺得，我在睡夢裡。
如果是那樣，公爵不在此，
可是就剛才，叫咱跟他走？
赫米婭：是的，我父親也在。
海麗娜：還有希波利塔。

拉山德：他確曾叫我們，跟他到神廟。

狄米特律斯：為何會這樣，

我們還醒著，讓咱跟他去；

順便讓咱們，講講咱的夢。（同下。）

波 頓：（醒）到咱說尾白，請叫咱一聲，

咱將立答覆，咱的下句是：

「皮拉姆斯最美人。」

喂！喂！彼得·坎斯！

弗魯特，修風箱者！

斯諾特，補鍋工人！

斯塔佛林！上帝保佑我！

悄悄從這溜走了。

把咱獨撇下，竟在此睡覺，

獨特稀罕景，咱已眼目睹，

咱做一個夢，絞盡人腦汁，

不可言傳那夢境，

要是誰想把夢釋，

不是人兒是蠢驢。

我想我好蠢——沒人能講此一切；

我想我好蠢——我想自己真笨蛋——

要是誰願說，自己真笨蛋，

那他方才是，十足一蠢材。

咱那方才夢：

人有眼睛不曾聽，人有耳朵不曾看，

人有手臂不能嘗，人有舌頭不能想，

人有心兒不敢傳。咱得叫彼得·坎斯，

給咱寫首歌，歌頌咱這夢，

題叫「波頓夢」，因為此夢沒個譜；

咱將唱這歌，在戲演完後，

當著公爵面，或者更好些，

當皮拉姆斯，死後咱就唱。（下）

第二場 雅典，坎斯家中

（坎斯、斯諾特、弗魯特、斯塔佛林上。）

坎 斯：波頓回家沒？差人看了沒？

斯塔佛林：一點消息也沒有。毫無疑問，他變妖精了。

弗魯特：要是他不來，咱戲要擱淺；

不能演下去，是否是這樣？

坎 斯：那當然演不下去啦；

整個雅典城，除了他以外，

沒有第二人，可演皮拉姆斯。

弗魯特： 誰也演不了；

在此雅典城，眾多手藝人，

其中最聰明，非他誰莫屬。

坎 斯： 對，人也數最好；

他有一副好嗓子，

能說會道多情魔。

弗魯特： 你說錯了，你應當說「多情模」。

「情魔」，上帝保佑你！那可不是個好人呀。

（斯納格上。）

斯納格： 諸位，公爵剛從神廟回，

還有兩三個，勛爵和女士，

同時也結婚，要是咱戲劇，

能夠演下去，對咱都有益。

弗魯特： 唉，可愛好波頓！在他人生中，

從此失俸祿，一天六便士，

他將領不到，一天六便士！

若他扮皮拉姆斯，一天六便士，

公爵卻不恩賞他，我將被吊死。

他扮演皮拉姆斯，一天應值六便士，

否則就可拒上演。

（波頓上。）

波 頓：這些老友在何地？你們心肝在何地？

坎 斯：波頓！最為湊巧日，最值慶賀時！

波 頓：列位，咱將講述奇怪事，但莫問我為什麼，

因為要是我告你，咱就不是雅典人，

咱將告訴你一切，真的一字也不漏。

坎 斯：讓咱來聽聽，波頓說些啥。

波 頓：一點也不涉及我，所有一切我告你，

儘是公爵宴請事，整理穿好你衣帶，

別好你那山羊鬚，繫好你那便舞靴，

立刻集合宮門前，各人自背己臺詞，

就那劇目長短看，咱們劇目最適宜，

無論如何西斯貝，得穿乾淨麻襯衣，

莫讓他這扮獅人，削去如獅長指甲，

因為此般長指甲，需露外面當獅爪。

最親愛的演員們，別吃洋蔥和大蒜，

因咱鬚髮甜氣息，不可叫人倒胃口，

毫無疑問聽其說，「此乃漂亮好喜劇。」

就說這些話，散去吧！散去吧！（同下。）

第五幕

第一場 雅典，忒修斯宮中

（忒修斯、希波利塔、菲勞斯特萊特及大臣侍從們上。）

希波利塔：我的忒修斯，這些戀人所說話，

令人感到很奇怪。

忒修斯：比起真實更奇怪，這些古傳說，

以及這些神仙話，我再不信服。

情人與瘋子，都富此般熱頭緒，

此般成形空幻覺；他們腦中所領悟，

不是冷靜與理智，就能充分得理解，

瘋子情人與詩人，都是幻想那產兒，

瘋子眼中所見魔，多於無邊地獄盛，

所有情人都瘋狂，能從眉頭埃及人，

看見海倫美貌身；詩人眼睛多秀麗，

狂放轉動瞥天地，上天入地復歸天，

即便事物不知名，換種形式可想像，

詩人筆墨賦形象，空虛無物有居名，

如此詭計強想像，如果此景能實現，

僅能領略些許樂，或者夜間懼害怕，

把叢灌木想成熊。

希波利塔： 但其所說事，夜間所經歷，

美化其心靈，如此相一致，

對此可證明，不會是幻想，

傳說此演變，亙古亦不變，

無論此如何，奇怪卻妙絕。

忒修斯： 這些熱戀人，滿心歡悅這兒來。

（拉山德、赫米婭、狄米特律斯、海麗娜上。）

忒修斯： 恭賀，親愛的朋友們！

恭賀！全新日子愛伴心！

拉山德： 更加美滿福，伴您飲食寢！

忒修斯： 何種化裝舞，現在可上演？

什麼樣舞蹈，我們可欣賞？

晚餐就寢間，三吋[①]長時光，

怎麼來消磨？戲樂咱掌管，

他人在哪裡？哪些歡悅可上演？

有沒好劇目？醫治難熬苦。

叫菲勞斯特萊特過來。

菲勞斯特萊特： 在，偉大忒修斯。

忒修斯： 說有何節目，可悅這黃昏？

有何化裝舞？有何動聽樂？

若無些趣事，如何使我輩，

在這無聊時，消遣磨時光。

菲勞斯特萊特：這兒有張戲單子，他們已經預備好，

公爵你先看，然後選一項。（呈上單子。）

忒修斯：（念戲單）「與馬人②作戰，

由一雅典宦，和著豎琴唱」。

那個咱不看；親戚赫拉克勒斯，

在其榮光下，我已告訴我愛人。

（念戲單）「醉酒者暴亂，特剌刻歌者，

在其憤怒中，殘忍被肢裂。」

那是老掉牙，當從底比斯，

凱旋歸來時，就已演此戲。

（念戲單）「九繆斯神，悼念學術之死，

後因其窮困，潦倒而死去」。

那是一諷刺，犀利又尖刻，

婚禮慶祝時，此劇不適合。

（念戲單）「年輕的皮拉姆斯，及其愛人西斯貝，

單調簡短戲，悲壯卻豪邁」，

愉快而悲愴，單調卻簡潔！

如那灼熱冰，滾燙雪奇異，

這種不協調，如何相一致？

① 吋：英制長度單位，現多用作「英吋。」

② 馬人：人首馬身的怪物。

菲勞斯特萊特： 公爵，這戲僅僅有，十字那麼長，

這是我知戲，其中最簡短，

但是咱公爵，即便十字言，

也會嫌其長，看了叫人厭；

因在全劇中，無字用恰巧，

沒有一演員，支配恰其妙，

這戲屬悲劇，尊貴咱公爵，

因皮拉姆斯，戲裡把己殺，

當我看排練，我得先坦白，

使我淚如水，但多歡悅淚，

開懷大聲笑，笑得滿襟淚。

忒修斯： 扮演這戲者，是些什麼人？

菲勞斯特萊特： 一些粗活人，工作在雅典，

直到現如今，不曾動腦力，

面對您婚禮，現在正費神，

屏息強記憶，其那話劇本。

忒修斯：好，我們聽聽吧。

菲勞斯特萊特：不，尊貴咱公爵，

不用勞煩您，我已聽完它，

世間可有無，一點不足取。

除非你嘉獎，他們一誠心，

為了您婚禮，精誠苦背吟。

忒修斯：我將聽那戲，淳樸與本分，

當其自呈獻，沒有何禮物，

比這更恰當，把其帶這來，

各位眾女士，大家請坐下。

（菲勞斯特萊特下。）

希波利塔：趕鴨勉上架，不喜見那景，

效勞變義務，難免變討厭。

忒修斯：親愛的，為何這樣說？將不會見此景。

希波利塔：此行竅不通，他說其如此。

忒修斯：所給無值賜謝意，彰顯我輩更寬容，

他們無知所犯錯，正好供咱作笑料，

可憐義務不達處，更顯力量貴尊重，

不論何地我所到，智慧賢者精心勞，

祝福歡迎事先備，但是等其見了我，

腿腳發抖臉蒼白，句子中斷卡在喉，

因其害怕音哽塞，結果無言語未道，

一句歡迎不曾說，親愛的，相信我，

從這無言靜寂中，我卻領受歡迎意；

從其謙遜畏懼本，讀出千言又萬語，

其中意味不少於，莽撞大膽巧辯嘴，

因此我的心愛人，照我所能心感知，

無言純樸達情義，勝於千言假蜜語。

（菲勞斯特萊特重上。）

菲勞斯特萊特：請公爵吩咐，讓念序言者，預備登場了。

忒修斯：請他上來吧！（喇叭齊吹奏。）

（坎斯上，念序言。）

坎 斯：如有得罪請原諒，這是好意咱初衷，

無心冒犯心懷善，如此您想符咱意，

略施伎倆簡單呈，才是真正咱初衷。

如此考慮咱來此，並非賭氣洩恨來，

我們來此亦並非，存心與汝來爭辯，

我輩真實本意圖，全為諸位戴笑顏，

否則不曾到這來，在此向汝先懺悔，

個個演員已到齊，他們演出將開幕，

所有樂趣將得知。

忒修斯：這傢伙拐彎抹角。

拉山德：他念如此開場詩，似駕頑劣小馬駒，

不知何處該停下；公爵，但他卻有好品行。

雖然說得不夠好，但卻說得很在理。

希波利塔：確實是如此，念此開場白，

似童牙牙學語聲，獨字成聲不連貫。

忒修斯：他的話語像亂結，抑揚頓挫全不見。

但見混亂全平聲，跟著是誰來登場？

（皮拉姆斯及西斯貝、月亮、牆頭、獅子上。）

坎 斯：列位在場人，在這咱劇目，

也許你奇怪，那就奇怪吧！

直到真事實，使你全明白，

這人叫皮拉姆斯，要是你想知，

這位美女士，定是西斯貝。

身塗石灰和黏土，這人是牆頭，

那堵可惡牆，隔開兩情人，

可憐兩心靈，透過牆裂縫，

沉溺低聲語，恐讓他人曉。

這人提燈籠，牽犬挑柴木，

代表明月亮；因你將知曉，

借助此月亮，這兩無嫌猜，

思念無拒絕，墳頭尼納斯，

相約那裡見，談情更說愛。

這頭可怕獸，畜名叫獅子，

忠實西斯貝，晚上先到那，

被牠嚇逃了，或被牠攆跑；

當其逃走時，落下其披風，

獅子滿血口，玷汙此披風，

隔了不太久，皮拉姆斯來，

這個美少年，高個身俊俏，

發現血披風，以為西斯貝，

忠實他愛人，已被獅咬死，

因而拔出劍，露出嗜血刀，

對準滾血胸，勇敢刺進去，

那時西斯貝，桑樹蔭裡躲，

等其發現這回事，拔出愛人身匕首，

結束自己身性命，至於其餘所一切，

可讓獅子與月亮、牆頭以及兩情人，

當其上場時，細細告知你。

（坎斯及皮拉姆斯、西斯貝、獅子、月亮同下。）

忒修斯：我可不知道，獅子是否要說話。

狄米特律斯：公爵，不用懷疑這，

要是驢會說，獅子也會說。

牆 頭：在這帷幕降臨間，敝人名叫斯諾特，

戲中扮演一牆頭；此牆不是你想牆，

乃是一堵裂縫牆，透過此縫兩情人，

皮拉姆斯與西斯貝，經常祕密此低語。

這粗抹灰這泥土，這塊石頭盡展示，

咱是同樣一牆頭，事實也是真如此。

這條小裂縫，時好時又壞。

膽小兩情人，用其來密語。

忒修斯：石灰和頭髮，你想他們說話嗎？

狄米特律斯：公爵，這是俏皮物，不曾聽其會說話。

（皮拉姆斯重上。）

忒修斯：皮拉姆斯向牆走來。靜聽！

皮拉姆斯：噢，冷酷無情夜！

噢，漆黑深沉夜！

噢，黑夜，白天剛去你就來，

噢，黑夜，噢，黑夜！唉！唉！唉！

西斯貝承諾，擔心她已忘！

噢，牆呀！噢，親愛的、可愛的牆呀！

你立此地方，隔開她家與我家！

牆呀牆！噢，親愛的、可愛的牆呀！

露出你裂縫，讓咱向裡瞧瞧吧！

（牆裂開其手指）

殷勤牆！謝謝您，朱庇特，

因此庇護您！但是什麼也不見？

西斯貝身影，咱瞧不見她。

噢，透過你，邪惡牆！咱看無極樂；

詛咒你石頭，因你把咱騙！

忒修斯：我想若牆有知覺，應當反罵他一句。

皮拉姆斯：不，先生，實際上，他不能。

「把咱騙」此乃尾白西斯貝；

現在她正要上場，

透過這牆體，我將觀察她，

你們等著瞧，與我告訴你，

恰好相切合，那邊她來了。

（西斯貝重上。）

西斯貝：牆呀牆！你常聽見咱呻吟，

我與皮拉姆斯，怨你生生把咱拆！

我那櫻桃唇，常吻你磚石，

憑藉石灰和毛髮，你石緊緊相交織。

皮拉姆斯：咱聞一聲音；讓咱瞧瞧縫那邊，

不知可能夠，看見西斯貝臉龐，西斯貝！

西斯貝：你是咱愛人，我想是咱心愛人。

皮拉姆斯：盡你所能想，咱是風流你情郎。

就像利曼德，信你仍依舊。

西斯貝：咱就像海倫，直到命運把咱收。

皮拉姆斯：沙發勒斯與普羅科如斯，亦不過如此。

西斯貝：我與你，就像普羅科如斯與沙發勒斯。

皮拉姆斯：噢，透過萬惡這牆縫，請你給咱一親吻！

西斯貝：咱吻這牆縫，根本不是你嘴唇。

皮拉姆斯：寧尼那墳頭，你願到那裡，與我相會嗎？

西斯貝：活也好，死也罷，咱將立刻動身去。（二人下。）

牆 頭：因此我牆頭，現在該退場，

我演部分就如此，因此咱要快離開。（下。）

忒修斯：現在這牆頭，隔開兩鄰居，已經倒下了。

狄米特律斯：公爵，當牆聽人語，

隨便無警示，那將沒法想。

希波利塔：這是愚蠢劇，不曾聽見過。

忒修斯：最好這類劇，不過一縮影；

若用想像來補足，最壞亦不很糟糕。

希波利塔：那將靠你來想像，不是靠其來想像。

忒修斯：要是咱想像，比其所想像，

想得更糟時，那就意味著，

他們超過咱，算是傑出人，

這兒來兩個，一人一獅子。

（獅子和月亮重上。）

獅 子：各位眾女士，你們心文雅，

見到小老鼠，爬在地板上，

就會心害怕，現在見獅子，

兇猛發狂吼，可能發抖又顫慄？

但是您知道，咱是細木工，

木匠斯納格，不是猛公獅，

也不是母獅；要是一獅子，

真的衝到這，咱命倒可憂！

忒修斯：一頭溫和獸，倒是有良心。

狄米特律斯：公爵，這是最好獸，我曾看見過。

拉山德：獅子這勇氣，僅算一狐狸。

忒修斯：按其慎重看，確實像隻鵝。

狄米特律斯：公爵，不是這樣的，因為他「勇氣」，

不敵其「小心」，而且一狐狸，

能把鵝拖走。

忒修斯：他的「謹慎心」，

我敢肯定說，不及其「勇氣」，

因為一隻鵝，拖不動狐狸。

好，別管他謹慎，讓咱聽月說。

月 亮：我打這燈籠，代表新月角——

狄米特律斯：他應把那角，戴在他頭上。

忒修斯：他非那新月，燈籠那周圍，他角看不見。

月 亮：這盞大燈籠，代表新月角——

我自是仙人，就像在月球。

忒修斯：這是其中最大錯。人應放進那燈籠；

否則怎叫月亮仙？

狄米特律斯：他因那燭火，不敢到那兒，

您看，他已被煙嗆著了。

希波利塔：這個月亮使人厭；他應變變才好看！

忒修斯：借其微光來辨別，似乎他是一殘月；

但是因禮貌，和一切理由，我得多忍耐。

拉山德： 繼續說下去，月亮。

月 亮： 所有我應說，是要告訴你，

燈籠是月亮；咱是月亮仙；

柴枝是咱的；這狗也如此。

狄米特律斯： 嗨，這些都應放燈籠，

因其所有在月球。

但是靜下來，西斯貝來了。

（西斯貝重上。）

西斯貝： 這是寧尼老人墳。 我那愛人在何處？

獅 子： （吼）噢！———（西斯貝奔下。）

狄米特律斯： 吼得妙，獅子！

忒修斯： 奔得巧，西斯貝！

希波利塔： 照得好，月亮！真的，月亮照的姿勢好。

（獅子撕下西斯貝的外套後下。）

忒修斯： 撕得好，獅子！

拉山德： 獅子於是不見了。

狄米特律斯： 之後，皮拉姆斯來了。

（皮拉姆斯重上。）

皮拉姆斯： 溫柔可愛月，多謝您光芒；

謝謝您月光，您光多皎潔！

靠著您慈愛，閃爍金色光，
西斯貝秀色，咱要多欣賞。
但是暫停下。 噢，該死！
您瞧哪，可憐哪騎士，
這場景，多悲慘！
眼睛，你可看見呀？
這是怎麼一回事？
噢，秀麗可愛人，噢，親愛的！
好好一外套，怎麼全是血？
激起憤怒步步逼，
噢，命運之神步步來。
砍斷它那繩羈絆，
玉石自己焚，了斷以平息！
忒修斯： 這憤恨，再加愛人死，
可使一個人，幾近悲哀絕。
希波利塔： 該死，我的心！但我憐憫劇中人。
皮拉姆斯： 噢，蒼天，為何這樣子！
為何造下這獅子，正因卑鄙這獅子，
在此蹂躪咱愛人，除她以外無美人，
美人者，須活著，被愛著，喜歡著，

使人一看便歡悅，眼淚出來迷糊眼！

寶劍出來把人殺，殺死無用我自己，

一劍刺過跳動心，留下無用他屍體。（以劍自刎）

咱將因此而死去，死了、死了、死了，

現在咱將要離世，咱那靈魂到天堂；

太陽，失去你光芒！月亮，帶你飛離此！

（月亮下。）

現咱入黃泉，死了，死了，死了。

（死。）

狄米特律斯：對他不是悲情死，而是獲勝脫苦海，

因其孤身彼岸去。

拉山德：不是脫苦海，因他這一死，一切化烏有。

忒修斯：要是請醫生，也許他能活，

證明他是一蠢驢。

希波利塔：月亮為何就急走？西斯貝，將回來，

尋找她那心愛人。

忒修斯：借助星辰光，她將找到他，那兒她來了，

她以悲痛心，結束這戲文。

（西斯貝重上。）

希波利塔：對待如此人，愚蠢皮拉姆斯，

我想她不必，浪費其口舌；

希望她能夠，說得短一些。

狄米特律斯：點點塵埃土，打破那平衡，

皮拉姆斯西斯貝，誰人更好些？

莫嫁如他夫，上帝保佑咱，

莫娶如她妻，上帝祝福咱。

拉山德：她那誘人眼，已經看見他。

狄米特律斯：於是她，悲聲而說———

西斯貝：睡著了，心愛人？

什麼！死了，咱的希望鴿？

皮拉姆斯，你醒醒！

說呀！說話呀！完全啞了嗎？

死了，死了！一堆荒塚墳，

將要蓋住你媚眼。這些我唇吻，

這個櫻桃鼻，這黃花臉蛋，

一同消失、消失了，同聲悲嘆有情人！

他眼綠得像青蔥，命運女神三姐妹，

快快到我這兒來，蒼白你手像牛奶，

伸進這血泡一泡，當你踏上這血岸，

用剪割斷生命線。舌頭，無須再多言！

拿來這柄信任劍，讓咱胸膛滿血刃。

（以劍自刺）

再會吧，朋友們！西斯貝，已終結；

再見、再見、再見！（死。）

忒修斯：月亮和獅子，將被留下來，埋葬死去人。

狄米特律斯：對，還有那牆頭。

波 頓：（站起）沒有讓你弄清楚，

那堵隔開兩家牆，早已坍塌了。

瞧瞧收場白，你們要不要？

或者看看咱同伴，跳那貝爾戈馬斯克舞？

忒修斯：不用收場白，我為你祈禱，

因為你戲劇，無須人寬恕，

因為戲中人，人人都死了，

沒有一個人，還能被責怪。

要是寫戲人，自演皮拉姆斯，

把己吊死在，襪帶西斯貝，

那倒真一出，絕妙好悲劇，

這戲真如此，演得很特別，

現把收場白，暫且擱一旁，

跳起你舞蹈，貝爾戈馬斯克。

（舞蹈）

午夜鐵鐘那舌頭，已經敲過十二點；

戀人們，睡去吧，幾乎已是神仙時。

我擔心，明早晨，咱們將會睡過頭，

今晚睡多晚，明早多晚起，

粗劣這戲劇，已把難熬夜，

巧妙去消磨，朋友去睡吧，

咱把這喜慶，延續半個月，

夜夜有狂歡，天天有新樂。（眾下。）

第二場 同前

（普克上。）

普 克：現在餓獅高聲哮；豺狼向月在長嗥；

農夫鼾聲沉沉起，一切疲倦任務畢。

餘霞殘紅煥紅光，鴟鴞驚叫人膽顫，

使得敝人睡惆悵，彷彿見到殮衾颮。

現在時刻夜已酣，所有墳墓嘴大張，

讓其幽靈各出遊，教堂路邊各滑走。

赫卡忒[1]，三縱隊，讓咱仙靈跟其走，

離開陽光在場處，追隨黑暗如夢裡，

讓咱現在來嬉戲，莫讓小鼠擾聖屋，

我將先送一掃帚，打掃門後塵埃土。

（奥伯龍、提泰妮婭及侍從上。）

① 赫卡忒：月亮、大地和冥界女神，後亦被視作魔法和巫術女神。

奥伯龍： 透過屋子散聚光，從那欲熄死寂火，

每一精靈和鬼怪，如同燭光多跳躍，

亦同鳥兒荊叢跳；隨我吟唱此曲調，

輕輕歡快跳舞蹈。

提泰妮婭： 先把歌詞練背熟，字正腔圓每個字；

以您仙姿手牽手，齊聲吟唱頌此地。（載歌載舞。）

奥伯龍： 東方發白未拉幕，讓仙此屋自閒逛，

最好先看新娘床，它將受咱賜祝福，

那裡創造子與女，將會永遠得幸福，

因此所有三夫婦，真正相愛到永遠；

自然手臂那汙點，不將子女來沾染，

無痣無疤無兔唇；例如胎記不尋常，

出生即受人輕視，他們子女無此災。

用這神聖野朝露，每位仙子步步采，

澆灑門戶送祝福，盡葆祥和穿宮殿，

也使屋主被祝福，一切永遠得康寧。

快登途，莫猶豫；黎明時分再相聚。

（除普克外皆下。）

普 克：（向觀眾）要是我影有觸犯，你當在此已睡酣，

一切彌補這思量，當此幻景確出現，

這些微弱慵懶念，無多影響僅夢幻。

在場各列位，請莫來責難！

倘若您寬恕，我將來改善，

而且我普克，真的是誠實，

如有咱幸運，極不相符實，

現你毒蛇口，趕快吐真實，

我將自始終，向您賠不是，

否則咱普克，可叫大騙子，

因此向大家，說句您晚安，

如果夠朋友，請您鼓鼓掌，

因為那羅賓，會來重補償。（下。）

國家圖書館出版品預行編目（CIP）資料

莎士比亞青春劇 / 莎士比亞 著；魏德蛟，張永 編譯．
-- 第一版．-- 臺北市：崧燁文化，2019.07
面；　公分
POD 版

譯自：Shakespeare's youth script

ISBN 978-957-681-889-9(平裝)

873.4332　　　　　108010162

書　　名：莎士比亞青春劇
作　　者：莎士比亞 著；魏德蛟，張永 編譯
發 行 人：黃振庭
出 版 者：崧燁文化事業有限公司
發 行 者：崧燁文化事業有限公司
E-mail：sonbookservice@gmail.com
粉 絲 頁：　　網 址：
地　　址：台北市中正區重慶南路一段六十一號八樓 815 室
8F.-815, No.61, Sec. 1, Chongqing S. Rd., Zhongzheng
Dist., Taipei City 100, Taiwan (R.O.C.)
電　　話：(02)2370-3310 傳　真：(02) 2370-3210
總 經 銷：紅螞蟻圖書有限公司
地　　址：台北市內湖區舊宗路二段 121 巷 19 號
電　　話:02-2795-3656 傳真:02-2795-4100　　網址：
印　　刷：京峯彩色印刷有限公司（京峰數位）

定　　價：420 元
發行日期：2019 年 07 月第一版
◎ 本書以 POD 印製發行